ピン芸人、高崎犬彦

大前粟生

太田出版

前髪のこのあたりにだけ赤髪のメッシュ入れてて、イカしてるんです。趣味はブリッジすることで、ブリッジしたままアレクサにいろんな頼み事をして生活してるんですけどね、俺ある日おばあちゃんの家を訪ねたんですよ。夏のある日に、スイカがスーパーで安かったから手土産

ピン芸人、高崎犬彦

「じゃあ次はえっとー、安西煮転《あんざいにころ》がし。二年目やのにえらい達者らしいねえ」

「どうも安西煮転がしです。北千住からきました」

「えーっと、へえー、慶応卒、ええ大学出てんねんなあー。顔もイケメンやのに、それでまたなんで煮転がしは芸人なろうと思ったわけ？」

「あの謝らないといけないんですけど北千住からきたっていうのは真っ赤な嘘で、ほんとは、さいたま新都心から」

「全っ然いらん嘘」

「自分、親がワカメの妖精で海底にいるんですけど、僕がある日海に潜ったら、親が、こう、ワカ友らといっしょにぐねぐね絡まって、『芸人になり』って、ダイイングメッセージみたいに」

「それこそ一万パーセントの嘘やん！　清々しいな。あはは。一応真面目なバージョンもくれる？」

「いやだって、チャンスじゃないですか。コロナが起きていろんな芸人さんの仕事減ったでしょ？　だから成り上がるいい機会かなって」

「芸人になりたいっていうより、成り上がりたいが先にあるんや？」

「それはどっちとも区別つけにくいですけど。芸人として成功するってことは日本のトップに立つっていうのとほとんど変わらへんじゃないですか。だからまあ、テッペンからの景色見てみたいなって」

「ええねえ、若者って感じするわ」

「いや僕、二〇二歳」

「煮転がし煮転がし、プロデューサーの顔見てみ？　真面目なバージョンの方がほしいって」

「ちぇ〰〰〰〰」

「いくで。真面目なバージョンいくで。それで、きみらくらいの若い子が思う芸人としての成功ってなんなん。賞レースで優勝するとかレギュラー何本持ちたいとか、あるやんかそういうの。死ぬまで芸人でいたいとか。煮転がしはどうなりたいん」

「それはもう、自分のギャグがタトゥーになって日本中のヤクザに彫られることですよ」

「あかんで。ヤクザの話はあかんって。ギャガーなんや？」

「漫談がメインなんすけど。目標、リアルなん言うていいですか？」

「なになに？」

「そこらへんの小学生が学校からの帰り道に、僕のネタやったり言ったことを真似するんすよ、その景色がまずは見たいなって」

「いやー。ええねえ。青春やねえ。聞いてばっかりやけど、煮転がしはなんでピンなん？　しかも、漫談がメインって」

「それは、自分ひとりでぜんぶの笑いを掻っ攫えるから。小道具なんか僕にはいらんのです。この体だけで、この口だけで笑わせてやりたい」

「えー―、ではそんな安西煮転がしによる漫談です。どうぞー」

「うわ、え？」

「安西煮転がしによる抱腹絶倒奇奇怪怪奇妙奇天烈傑作漫談です。どうぞー」

「マジか。えー、ごほん、ごほん、

安西煮転がしです。僕、歳の離れた小さい弟がいるんですよ。

僕が二五で弟が八歳。三年前に僕の母親が再婚した時の、夫の側の連れ子がその子で。まあ言うたら義理の兄弟ですね。僕が思春期とかやったら気にしてたかなと思うんですけど、もうええ歳ですからね。兄弟ができたんもはじめてやし、弟のことがかわいいてかわいいてしゃあないんです。それで弟の話なんですけど、この前、僕が帰省した時、弟がリビングでドーナツの穴をじっと見つめてたんですよ。セブンイレブンで買ってきた、二百円のを。それで僕が『なにしてんの?』って聞いたら、猫がいる、って。

ドーナツの穴の中に猫がいる、言うんですよね。子どもってわりに不思議なこと言うじゃないですか。かわいらしいなあ、なんて思いながら『どれどれえ?』って僕も覗き込んだら、ほんとに猫がいて。想像してほしいんですけど、ドーナツの穴の中に、まるまると太った三毛猫がいて、顔がなんか妙に人間っぽいというか、こう、七福神のひとりみたいな、満面の笑みやけど常にどっか人殺しっぽいっていう。『うわ怖っ』って思わず僕叫んだんです。そしたらね、ドーナツの穴見つめたままやったんですけど、その猫がこっち見てきて、『はんぺん大御殿』って言ったんです。わけわからんじゃないですか。でも弟には大ウケで、『はんぺん大御殿♪　はんぺん大御殿♪』って歌いながら僕の周りを踊りはじめて、そしたらですよ、いきなりリビングの窓ぶち破ってびしょ濡れの相撲取りが――

えっ。なんの音?」

「おいおいおいおい。煮転がしの話がおもろすぎてコケてもうてるやん」

「ぐ。ぐえ……すいません」

「えっとー、きみはー」

「高崎、犬彦です。

終わった……。

俺のチャンス……。

俺の芸人人生……。

最悪だ……。

くそ、俺は、俺は……。がんばろうとしただけ。

はじめてのテレビ収録。はじめてのテレビ局。はじめてのひな壇。

しかも『〇〇の人たち』。目の前にいるのは、町田さかなさん。

意気込んで意気込んで、膝の上で握り締めていた手に力が入って、それで気づいたら前のめりになってたんです。ヤバいと思った時にはもう、体が前に倒れてました。ばあちゃん、ごめんなあ」

「いや、倒れたままめっちゃ喋るやん！　どえらい空気やんけ。いやごめんなー
煮転がしも、無茶振りしてもうて」

「……いえ」

「煮転がしならぬ本転びマンは大丈夫か？」

「本転びマン……？　あ、俺のこと。はい。すいません……力入りすぎちゃって
転んじゃいました……」

「あーそうなんやあ。緊張してもうたんかな？　あるよな？　そういうことも。

な？」

「ほんとすいません。ごめんなさい……申し訳ないです」

「まあまあそう萎縮せんと。ごめんさっき聞いたけど、えっとー、きみはー」

「た、たっ、高崎犬彦です！　二六歳！　カプセルトイ関連の会社に勤めていた
のですが、二年前に退職、それと同時に芸能事務所ピリオドの芸人養成コースの

門を叩きまして……」

「就職の面接か！　ちょお待って自分この間《かん》なにしてたん。収録はじまってもう何時間も経つやんか。その堅苦しさは最初の一、二時間でやり尽くしたって」

「あの……俺……さかなさんに釣り上げてもらえたらなと思って……。でも、カットですよね。転んだところから含めて、ぜんぶ、俺の存在……」

「卑屈卑屈！　卑屈やわ！　てかへえー、ピリオドって養成所あるんや」

「あ、はい。あの、自分の代からはじまったみたいで」

「へえー。こんなご時世になあ」

「ほ、ほん、ほんころびぃー！　本転びマンで――っす！」

「なんやそれ。座れ座れ、落ち着き。高崎犬彦っていうのは芸名？」

「本名です……」

「へえめずらしいなあー。え、由来はなんなん。おとうさんおかあさんはどう思ってその名前つけはったん」

「両親とも犬が好きで」

「素朴か。ちょっと、だれー今舌打ちしたん。めっちゃマイク拾ってんで。え、舌打ちしたん煮転がし？　自分らバッチバチやなあ」

「だってこいつ、僕の漫談の邪魔しやがって」

「わはっ。わはは。わははは」

「きみはけったいな愛想笑いすなー」


収録はその後大した広がりは見せず、これまでに生まれたいくつかの笑いの流れを回収して終わった。それらは集団芸だったから、多くの芸人は個人としての手応えはなくても満足感を抱くことができた。町田による配慮だった。そもそも今回のテーマも、自分が今、若い芸人たちのためにできることはなんだろうかと考えてのことだった。

『○○の人たち』は一五年続く人気深夜番組だ。ＭＣの町田さかながゲストや視聴者からお悩みや雑学を聞いてトークを繰り広げていく。

今回のテーマは「コロナ禍で芸人になった人たち」だった。

高崎犬彦は、できるだけ事務所の被りなくいろいろな経歴を持ったやつを呼びたいという町田さかなの意向で集められたひとりだった。わざわざこのご時世に脱サラして芸人になった、という経歴がプロデューサーの目に留まったらしい。

芸人になって二年、早くもはじめてのテレビ出演だった。

犬彦は二六歳になったばかりだった。それでも今回のゲストの中では歳が上の方だった。収録スタジオには、数撃ちゃあたると言わんばかりに四十人もの芸人が集められた。ゲストたちは円形になって町田さかなを囲んだ。アクリル板で細かく区切られた座席に窮屈そうに身を収めながら、まだ経験も実績もない芸人たちがガツガツと手を挙げ、叫ぶように声を張り、下手なリアクションを大げさに行った。長時間の現場がはじめてで、疲れ切ってハイになる者もいた。そもそも言うこと為すこと支離滅裂だったり、演者やカメラに対して通る声をまだ持っていない者も多く、雑然とした現場だった。

そんな中、町田さかな相手にひとりトークで場を持たせていた安西煮転がしは、今回集められた中でも数少ないピン芸人のひとりだった。

犬彦は安西のことを意識した。芸歴も同じ、歳は俺が二六であいつが確か二五。あいつがあれだけさかなさんと絡めるなら俺だって、俺だって……。

俺は爪痕を残す絶対残すこの日いちばんの笑いを取るんだ笑わせる笑わせるくそくそくそ笑わせる笑え笑え笑え笑え、殺す……全員、笑い殺してやる。

そう意気込んだ末に、すっ転んでしまった。特におもしろいことも言えず、ただ事故を起こしただけだった。

収録が終わって、町田さかなはいつもADの葉山に出してもらう好物のホットジャスミン茶を啜りながら、プロデューサー相手に「はあ」とため息をついた。

「でもまあー、酷かもしれんかったなあ今回。若い子らをかわいそうに思ってのことやったけど、かえって実力も運もない子を芸人の世界にずるずる延命させてしまうのかもしれん」

そう言い残しスタジオを後にすると、町田の楽屋の前に高崎犬彦が立っていた。

「さっきはすいませんでした!」

犬彦は深々と頭を下げた。

「えっとー、何回もごめんな、自分名前なんやっけ」

「高崎犬彦です! 俺も実は、漫談をしてて」

「あー。せやったせやった。へえー漫談なん。そっかそっかあ。まあ中入りいや。きみは、どやった? 今日の収録。どう? やる気とか出た?」

「あ。はい! さかなさんの番組に出るのが目標のひとつだったんで!」

「そんなんが目標? ばっさり切ってあげるのがやさしさなんかなあ」

「えっ? あの俺、次はがんばるんで!」

「あーそう。えっとー、自分の名前って本名なんかって聞いたやんか。そういうの聞かれることって今までもあったやろ？」

「あ。はい……事務所の社員さんと、シェアハウスメイトと、あとバイトの面接の時に」

「それだけ？　そんなわけないやろ」

「あの俺、親しくしてもらってる先輩とか全然いなくて。コロナだから知り合う機会もないし。平場にもほとんど出たことなくて。すいません。舞い上がっちゃってて」

「あーそう。そうかあ。それは、はぁ、大変やなあ。高崎犬彦って名前せっかくいい名前なんやから、嘘つけとは言わんけど、もーちょい話おもしろくしてもいいと思うけどなあ」

「あ、ありがとうございますっ！」

ボケなきゃ！　と思って犬彦は、「ありがとございまスーシー」と言いながらしゃがみ込んで寿司の真似をした。「えんがわ」と言い足したのだが、それに被さってノックの音と、あれ開かないな、という声がしたから犬彦はスッと起き上がった。

その間の悪さに町田は笑いながら、どうぞー、と言い、現れたのは芸歴一七年になる実力派お笑いコンビ、スニーカー&ハイスニーカーだった。

「お――。ひさしぶりやんけえー」

「おひさしぶりですー。さかなさん、これよかったら」ボケの別所が町田に紙袋を渡した。

「いらんねん毎回毎回！　差し入れにスケッチブックなんて」

「まためたあー。大喜利大好きなくせに～」

「大っ好きやわ」

毎度あるノリらしかった。犬彦がスニーカー&ハイスニーカーに挨拶をし、楽屋を出ようとすると、ああきみちょっと待って、と町田に呼び止められた。

「煮転がしにも謝っとけな」

「あ、はい」

さかなさん、俺の名前は覚えてなかったのに、安西煮転がしの名前は覚えてるんだな。まあ、当たり前か。盛り上がってたもんな。それにしても、さかなさんとたくさん話したぞ。やった……！　犬彦はにやつきながら合同の楽屋に戻った。

楽屋では思い思いの時間が過ごされていた。番組収録があったということを早速ライブ配信している者。なにやら熱心にメモを取っている者。並べたカバンに寝そべって眠っている者。足載っけてるリュック俺のだろと犬彦は聞こえないくらい小さな声でツッコんだ。

そばを通りかかったターメリック担々麺の茄子澤茄子子《なすざわなすこ》に「あいつ見なかった？　あの、なんとかにっころがしとかってやつ」と声をかけた。安西煮転がし、とちゃんとフルネームで呼ぶのは癪に障った。「さあ？」と茄子澤。ターメリック担々麺は六人組のコントユニットで、そのうちのひとり石田アルミは犬彦や他の芸人たちとシェアハウスしているのだった。

「そっかサンキュー」

そうこたえると犬彦は帰る準備をする前に同じフロアのトイレに寄った。収録中の休憩ではいけていなかったから、おしっこが長いこと出た。うわ、長え、まだ続くよ、すげ……犬彦がよろこんでいると、隣の小便器に誰かが立った。他も空いてるのにわざわざ隣かよ、と犬彦が訝しんで顔を上げると、そこには安西煮転がしがいた。

「なあ、死んでくれへん？」

「はあ？　いきなりなんだよ」

「おまえみたいなやつ一番嫌いやねん。人のトークあんなやり方で横取りして、しかもおまえの話はひとつもおもしろくない」

「あれは、事故だろ。俺、緊張しちゃって。それで……」

「うわ、ガチか。そこらへんの素人連れてきた方がよっぽどましやん」

「……おまえ、わざわざそれを言いにきたのか？」

「Gランク」

「は？」

「おまえはGランクや。Sが一番上で、A、B、C……おまえは最低も最低のGランク。ゴキブリのG」

「じゃあSはなんなんだよ」

「寿司……シルバニアファミリー……いや、サザエさん……」

「サザエさん？」

「おもろいやろうが、サザエさん」

「独特か」

「おまえは平凡も平凡。ゴキブリみたいに害しかない」

「ははは。そうかもな」

「きっっっっっしょ。なんで笑えてるわけ？　おまえ今日最低やったんやぞ……おまえ、なんで芸人やってるん」

用を足し終え、手を洗いながら犬彦は「そんなん決まってるだろ」とこたえた。鏡越しに安西の目をまっすぐに見つめた。

「人を笑わせるのって最高に気持ちいいから。おまえもそう思うだろ？」

チッ、と安西が舌打ちをした。

「そう思うんやったら、しっかりやれや。ほんまムカつく」

「でもあれでさかなさんの目に留まった。事故でもなんでもいい。スベっても馬鹿にされても、笑いに繋がるんならそれでいい」

「自力でなんとかする気ないやろ。おまえだけじゃない。あの場にいたやつらのほとんどが、なんとかしてさかなさんに気に入られよう、さかなさんに褒められたい、それしか考えてなかった。クソどもの集まりかよ」

「それが現実的だろ。まだ実績もコネもない俺らがいきなり『〇〇の人たち』に出れたんだから。こんなことってそうそうないだろ。取り入ろうとするのが普通だろ」

「おまえ、プライドないんか」

「プライド？　うーん。ははっ。ないかもなあ」

「なにへらへらしてんねん！」

安西が犬彦に掴みかかった。その勢いでトイレの壁に犬彦を押しつける。

「おまえ僕に謝れ。僕の渾身のネタやってんぞ。はんぺん大御殿漫談……」

「そうだったおまえに謝るんだった。ネタ中断させて悪かったな。俺も最後まで聞きたかったよ、はんぺん大御殿漫談……」

年配のテレビ局員がトイレに入ってきて、ふたりを戒めるかのように「んんんっ。んんん！」と咳払いをした。安西はなぜか顔を赤くした。「クソが」と言う。ふたりで口論しながら楽屋へ向かった。その短いあいだにまたヒートアップし、楽屋の扉を開けながら安西が怒鳴る。

「おまえみたいなやつ、おるだけで目障りやねん。早よ辞めてくれへんかな」

「おまえそれ、一年後にも同じこと言えるか？」

「どういう意味や」

「俺のことGランクって言ったよな。それって、伸びしろしかないってことだぞ」

「負け惜しみやん」

「安西はランクなんなんだよ」

「僕はDや」

「意外と謙虚なんだな。Dなんか俺は、すぐに追い越すぞ」

「言っとけ」

安西が犬彦を睨んだ。

「高崎犬彦、おまえが芸人辞めるまで僕は見張ってるからな」

「おまえ、俺の名前覚えてくれてるんだな」

犬彦が笑った。

笑ったから、場の空気が変わった。

高崎犬彦と安西煮転がし、はじめての出会いだった。

犬彦は北区王子でシェアハウスをしている。王子駅前には巨大なボウリングのピンを模した植物の刈り込みがあった。クリスマスになると電飾が飾りつけられ、お正月には門松仕様になり、バレンタインにはハートの矢に貫かれる。犬彦は妙にこの刈り込みを気に入っていた。通り過ぎる人たちの全員がそのシュールさを気にも留めないところにも愛着を感じていた。

飛鳥山を背にして駅から北東へ、隅田川を目指して十数分歩くと、犬彦が芸人仲間と暮らす築三十年の一軒家がある。二階建てで、どうにも曰くつきらしかったが、おばけが出たら出たでネタになる。むしろ出てくれ、と入居者たちは思っているが、その気配は一向にない。

犬彦の他にこの家に住んでいるのは、ターメリック担々麺の石田アルミ、ぽいぽいぴんぴんのボケの上級太郎、Ｊ・Ｊ・エイブラムス亭カニ公園のツッコミ担当マックスおはぎ。

マックスおはぎが一番の古株で、十年以上前からここに住んでいた。芸人たちのシェアハウスの場としたのもマックスおはぎだ。入れ替わり立ち替わりいろいろな芸人がこの家を巣立っていった。マックスおはぎは芸歴一六年で美容師の経験があり、ここ数年は芸人をターゲットに出張美容室を開くことで生計を立て、さらには転売にも手を出していた。ネタはろくに作ったこともなく、Ｊ・Ｊ・エイブラムス亭カニ公園のボケであるマグカップンに任せきりだ。

そんな自分に思うところがあるのか、マックスおはぎは最近家を空けがちだった。

新しいシェアハウスメイトがくるという連絡も、他の三人はマックスおはぎからグループＬＩＮＥで簡単な報告を受けただけだった。

「もうそろそろですっけ」犬彦はあくびをした。

「今月末」と石田アルミ。「うわ。あれ、今日？　今日じゃん」

「なんでオレら入居者なのにそいつの名前も知らされてないの。おはぎさんは既読無視だし」これは上級太郎。

リビングに年中出しっぱなしの埃臭いコタツに入り込み、三人とも仰向けになっていた。「ドッキリかな」とアルミが言って、もしそうならばどういうリアクションが正解なのか三人でぼんやり考えた。

「オレらみたいなのにドッキリしそうな番組ってアレくらいだろ、じゃあああの人たちがMCか。はあ、褒めてもらいてえなあ。認められてえなあ……うああ……宝くじ当たったらなにに使うか考えてる時の気分になってきた。最初楽しいけど、すぐ虚しくなるやつ……」

はあ、と上級太郎がため息をつくと、はあ、と犬彦からも悲しみが漏れた。

「名前の由来聞かれた時なんてこたえればよかったですかねえ」

「またそれかよ」

『〇〇の人たち』の収録から数日が経っていた。

「……親が、アンチひこにゃんで、とか？」

「却下すね。ひこにゃんって懐かしいすね」

「なんですっけそれ」

「彦根のゆるキャラ」

「あー」

石田アルミはたこ焼き屋のバイトをクビになったばかりで、上級太郎は四年間つきあってきた彼女にフラれたばかりだった。アルミ曰く「許可を得てパクってきた」大量のたこ焼き粉があるから、連日たこ焼きや、たこ焼き粉で作るお好み焼きとかなにかそういう類似のものばかり食べていた。そうするとちょっと頭もおかしくなってくる。

「ちくしょー」上級太郎が叫んでキッチンからフライパンを持ってきた。片手にはどうして家にあるのか誰にもわからない金槌が握られていて、ガンガンとフライパンの縁を叩きはじめた。「フライパンを平らにしたら、たくさん焼けるだろうが！」

「うひょー」とアルミがよろこんだ。

「おひょー」と犬彦も言ってみる。

あまり楽しいとも思えなかったけれど。

アルミと上級太郎は貧乏だった。特に上級太郎はここの家賃もフラれた彼女に出してもらっていたからなおさらだ。犬彦は会社員経験があり、そのためふたりと比べると貯金もある。お金を持っているということに疚しさがあった。ふたりといると、ジリ貧生活に夢中になれないことがコンプレックスのように思えてくる。

金がなくて馬鹿やってるのが芸人として一番正しいんじゃないか、と。

「おひょー。おひょおひょおひょー」

金槌がフライパンを叩く音に合わせて踊ってみた。それも虚しくなったので、犬彦は近所の公園にネタを作りにいった。

タコをかたどった巨大な遊具がある公園だった。

秋だった。

タコの体にぽっかり空いたトンネルに落ち葉が溜まっていた。犬彦はその上に体育座りし、葉の落ちた街路樹を眺めた。

裸の木をただ眺めていると、泣きそうになってきた。その場にうずくまって、しばらくそうした後、起き上がって、のろのろと公園を横切った。

葉っぱのない木の前で立ち止まった。

木に向かって話しかけるようにして声を出した。

「俺、頭の中におばあちゃんがいるんだ。本当のじゃない、架空の。本当のおばあちゃんは俺が生まれる前に死んじゃったからな、だから、このイマジナリーおばあちゃんが俺にとってのおばあちゃんで、どうしてかいつも、ブリッジしてる。うん。エクソシストみたいに。それで、どうやってるのかわかんないけど、歯でがちゃがちゃ、一面が知らない男の人の顔になったルービックキューブを完成させようとするんだけど、そんなの全然、できるわけないんだ……。くそっ……くそ……」

犬彦の目から涙がぼろぼろ溢れて止まらなかった。

「それで俺、ぐすっ、おばあちゃんに言うんだ。全然できてないよって。そしたらおばあちゃんは、ぺっ！　って、なにか飛ばして、歯かなって思って見たら、弁護士バッジで……ううう、うううううう」

犬彦はその場にうずくまって、「ちくしょう」とつぶやいた。「このネタ、俺じゃなくて、あいつが、安西煮転がしが話した方が、おもしろいだろうが……」

芸風が似ていることがそのまま劣等感としてのしかかってきて、喉がぎゅっと圧迫されるように苦しかった。それからうずくまったまま、「スーシー」と言ってみた。

「芽ねぎ」

どうしようもなくなって、家に帰った。

フライパンは平らになるわけもなく、一部が内向きにひしゃげていた。

「俺、このフライパンなんです」

突然の犬彦の告白に、「は？」と上級太郎。換気扇の下でアイコスを吸っていた。

「うまいこと言えないですけど、ほんと、うまいこと言えないですけど、そんな気がして」

「そこは……うまいこと言おうよ」

「イヌはがんばってるよ」石田アルミはたこ焼き粉を鼻から吸おうとしていた。

「ねえジョーさん、イヌがんばってますよね」

「まあ。それはな。うん。オレらがんばってる」

「俺、がんばってますかね」

「まあまた次がんばればええやん。何度チャンス逃してもさあ、次がんばったらいい」

「そうっすよね、次。次。俺、がんばります。きっといいことありますよね」

犬彦がそう言った瞬間、舌打ちが聞こえた。

聞き覚えのある舌打ちだった。

見ると、玄関口にスーツケースを提げた男が立っていた。

安西煮転がしだった。

「なかよしごっこやんけ」

安西の言葉に、「はあ?」と犬彦が反応した。

「おまえなんでいるんだよ」

「言うたやろ。高崎犬彦、おまえが芸人辞めるまで僕が見張ってやる、って」

「高崎犬彦と言います。ピンで活動してます。芸歴二年目なんですけど、このあいだ『〇〇の人たち』に出たんです。全然ウケなかったです。それどころか席から転げ落ちてしまって。あーこれ、芸人人生終わったなって。でも放送にのったんです。安西煮転がしっていう同期の芸人がいてそいつの引き立て役として。悔しいっすね。安西とは収録後に喧嘩みたいになりました。そいつがなんと俺の住んでるシェアハウスに引っ越してきたんです。一体これからどうなることやら、っていう、ここまでが『ピン芸人、高崎犬彦』のこれまでのあらすじで……」

「ちょっと、一回止めてくれる？　あのさ、高崎くん、きみの話、それなに？」

「なにって、漫談ですけど」

「違うやん。ただの報告やんか。こういうことがありました、っていう世間話。いやなにも私もね？　実際にあったことを話すな、なんて言ってませんよ？　でもきみが今見せてくれたものは、少なくともネタではないですよね。日記やないんやから。高崎くん、今ここはどういう場所ですか？」

「え？　講評会……ですか」

「そう。正解。私はね、ピリオドの社長さんから直々にお願いされました。うちの事務所は芸人の層が薄いからネタを見てやってくれ、って。私楽しみにしてきました。きみたちのネタが見れるのを楽しみにしてるんです」

「……えっと」

「ネタを見せてくれますか」

講師として招かれた川島エリカは腕組みをしてパイプ椅子に深く座り直し、犬彦のことをじっと見つめた。お笑いコンビ、チューリップのツッコミである川島エリカは芸歴二六年で、昨年に大手お笑い事務所との契約を終えて以来、フリーの芸人として活動していた。

高崎犬彦は深呼吸をした。川島と目が合うと、咄嗟に逸らしてしまい、あわててまた目を合わせた。ふらついて後ろにあるホワイトボードに体をぶつけた。

「あの俺、頭の中におばあちゃんがいるんですよ。めちゃくちゃシワだらけのおばあちゃんなんですけど、前髪のこのあたりにだけ赤髪のメッシュ入れてて、イカしてるんです。趣味はブリッジすることで、ブリッジしたままアレクサにいろんな頼み事をして生活してるんですけどね、俺ある日おばあちゃんの家を訪ねたんですよ。夏のある日に、スイカがスーパーで安かったから手土産に。玄関のチャイム押そうとしたタイミングで、こんな言葉が聞こえてきたんですよ。『アレクサ、さわっさんがれて』って。おばあちゃん日頃からのブリッジで鍛えられてますからね。えげつない肺活量なんです。それで家の外まで聞こえてきて。『さわっさんがれて』ってなにかなって思って。おばあちゃんボケたんかな。それとも俺が知らないだけで方言かなにかかなって。まあいいか、って思いながら玄関のドア開けたら、アレクサってその、AIじゃないですか。人工知能。難しいことは俺わかんないですけど、少なくとも実体があるわけじゃない、目に見えないもの。ところがですよ、玄関開けたら、『おおー、よおきたな』ってブリッジしたおばあちゃんが関西弁で迎えてくれて、その隣になにか、ぼわぼわした光のかたまりがあるんです。よく見ると人のかたちをした光が。『おばあちゃん、隣のやつなに？』って聞いたら、『アレクサや。さわっさんがれた』って。俺、怖くなって、ドア閉めて帰りました。スイカはひとりで食べきれずに、冷蔵庫で腐りました。ある夏の日の、出来事でした」

数秒の間のあと、川島エリカが「終わり?」と聞いた。

「あ。はい」

比べられるのが怖かった。自分のネタは安西煮転がしと芸風が似てしまっている。それでも、川島エリカの前で披露できたというだけで満足感はあった。

「え——と、思ってたよりは悪くないな、というのが正直なところです。ただ、なんて言うたらええかなあ、発想にきみの体がついてきてないよね。わかる? わかるよね。声も出てないし、聞いててもきみのネタが本当のことやとは、まだ思えへんのよね。ネタなんやからそらせやろって思った? そんなんお客さんもわかってんのよ。それでも引き込まれるっていうのが本物。えー、その限りにおいて、お笑いはぜんぶ本当のこと。わかるよね」

「あっ、ありがとうございます!」

「ありがとうございます、やなくてさ。話の最中に手を後ろで組んでるのも違和感あるかな。笑わしてやるぞ、っていうその意気込み? 意味込みかなんか知らんけど、うーん、ちょっと気持ち悪いかもしれへんよね。お客さんが構えてしまうっていうか。あとは——、ごめんな？　貶してるわけではないねんで。ちょっと不思議議系のネタやんか。きっときみが思ってる以上にそういうネタをやる子はたくさんいるのよね。きみはー、ごめんなほんまに、めちゃめちゃ普通の見た目やんか。印象に残りやすい方ではない。お客さんのね、期待値っていうか、安心感って大事やと思うのよ。『ああこの人がこのネタをするのは納得できるな』とか、もっと言うと、見知った人やと思わせる。えー、その限りにおいて、テレビに出てる子なんかはそれだけで有利よね。笑ってもらいやすいのよ。知られてるっていうだけで。安心感がある。もしきみがそういうネタ続けたいんやったら、話がお客さんの耳に入りやすいように、見た目とかキャラを変えてもええかもやね。ブリッジになる決め台詞作るとか。でもまあ、二年目としては、可もなく不可もなくというか。これからに期待してます。はいじゃあ次の人。え——と、お葬式大好き芸人の棺じゅるじゅる子さん」

犬彦は胸が熱くなった。貶されただけに思えたし、正直話の半分もわからなかったが、まともに講評をしてもらえたというだけで、人としてちゃんと扱われているような気がした。「えー、その限りにおいて」と川島エリカは棺じゅるじゅる子のネタに対しても言っていた。エリカさんの口癖なんだろうな。いつか楽屋トーク的なことを求められるチャンスがきたら、エリカさんのものまねを披露してやろう。犬彦はメモアプリに「チューリップのエリカ姉さん『えー、その限りにおいて』」とメモをした。

講評会が終わると犬彦は、見た目とかキャラかあ、と考えながら帰路に就き、王子駅前にあるスーパーに寄った。今日の夜に「安西煮転がしシェアハウスメンバー入り歓迎すき焼き会」が開かれるのだった。すき焼きの食材としてひとり一個好きなものを買ってきてくれ、と家主であるマックスおはぎから言われていた。闇鍋のようにして各々具材を鍋に入れるのだ。肉はマックスおはぎが用意してくれるらしかった。犬彦は芸人だったらめちゃくちゃなものを選んでなんぼだろ、という強迫観念に駆られ、なにが一番ウケるだろうかとスーパーを二時間さまよったあげく、惣菜エリアに売っていたゴマ団子を買った。スーパーを出る瞬間、暖房と外の寒さの境界で脳がハッと覚めたようになり、なんでこんな微妙なものを……とビニール袋をもらわず直に手に持ったゴマ団子のパックを見て自己肯定感を失った。なにを買ったかバレてはいけなかったから、家の近くまでくると犬彦はゴマ団子をパックの片側に寄せ、パックを無理に折り曲げてアウターのポケットに突っ込んだ。プラスチックのパリパリという音がポケットの中でしばらく続いた。

「じゅあああああああ」「じゅあああああああああああ」「じゅあああああああああああああ」鍋の中で牛肉が焼けている、ただそれだけのことにシェアハウスの面々は感動して「じゅああああああ」と叫ぶのだった。犬彦にとって意外だったのは、安西煮転がしも騒々しいノリに加わり、石田アルミや上級太郎と早くも打ち解けていることだった。なんとなく、もっと冷めたやつかと思っていた。

鍋に溜まった赤黒い出汁の表面から、ウルトラマンのフィギュアの頭が飛び出ていた。その姿が誰の目にも明らかなだけに、ウルトラマンに対して誰が最初にツッコむか、もしくはどうボケるか、読み合いのようになり、かえって普通のすき焼きのような状態が続いた。犬彦は、いっそのこと、このフィギュアを食べて飲みこんでやろうか、と考えた。いやでも、今のこの、睨み合いというか、長い前フリみたいな時間がいちばんおもしろいよな。

均衡を破ったのは安西煮転がしだった。おもむろにウルトラマンを箸で摑むと、テーブルの上に立たせ、シンプルに「ジェアア」とウルトラマンの声真似をした。それから、「いや誰がスペシウム光線醤油辛いねん」「この、すき焼き由来の赤いボディったら!」「ジェア」「ジェアジェア」「食べ物を粗末にしたら、あかんでぃ」と畳み掛けた。ひとつひとつのボケというより、畳み掛けられたそのムードにみんな爆笑した。

「ジョーさんでしょこれ入れたのって絶対」

そうだろうな、と犬彦は思った。闇鍋に絶対食べられないものを入れてくる力技は上級太郎っぽいな、と。安西はラップに包んだチゲ鍋という込み入りようで、それはどこか清々しくもあり、石田アルミはふりかけのゆかりを入れてきた。キワどいところをつく自己完結気味のボケは石田アルミっぽかった。だとしたら、ゴマ団子は俺っぽい？　と犬彦は考えた。

　俺っぽいってなんだ？

　俺って、どんな芸人なんだ？

「あのちなみにウルトラマンの他に候補ってありました？」

「あー、増えるワカメ一パック丸ごと、とかワンチャン考えたけど」

「そうっすか。鍋の中でウルトラマンおもろかったこと、外で話したらワンチャン炎上しますかね。食べ物を粗末にしてる～、みたいな感じで」

「ハリボーとかちょうどええんちゃうん。話すんやったら。フィギュアじゃなくてグミのハリボーとかにしたら。あれ、くまのかたちしてるし。いやでも、さすがにフィギュアとグミやったらおもろさ全然違うか」とマックスおはぎ。そのままシームレスに、「そういえばさあ、J・J・エイブラムス亭カニ公園、今月いっぱいで解散すんねん」

芸へのモチベーションはとっくの昔になくなってしまったが、美容師業のために芸人という肩書きは重宝していたという。このままずるずると芸歴だけを重ね、後輩から慕われていればそれでいいような気もしていた。それでも解散へと踏み込んだのは、四十歳手前にして結婚を控える相方のマグカップンを思いやってのことだった。

ふたりで一六年も鳴かず飛ばずでやってきた。これから先、J・J・エイブラムス亭カニ公園が実力で売れることは難しいだろう。でも、なにがあるかわからない。いつ誰が売れて、誰が消えていくかわからないのがこの世界だ。まだ一発逆転できるんじゃないか。まだワンチャンあるんじゃないか。ネタに熱が入らなくなっても、そう思い続けることはできてしまえた。いつまでも夢を見続けられてしまう――そんなことに相方を、相方の家族を巻き込むのは違うんじゃないか。いつまでも相方を芸人の肩書きに閉じ込めて夢だけちゃっかり見ようとするのは、なあ、きついだろ。

「あいつは結婚っていう普通のしあわせを手に入れた。いつまでもオレらがオレらであることにこだわっても、なんにもならんねん。ここらが潮時や。まあ芸人人生、そこそこ楽しかったわ」

マックスおはぎはすき焼きの入った椀《わん》をかっ喰らった。かと思うと、「なんやこれ……うっ……」と慌てて口を手で押さえた。犬彦は、キッチンに駆け込むマックスおはぎを心配そうに見つめた。突然の解散宣言にうまく頭が回らなかった。キッチンの方から、ぶわああ、という叫びのようなものと、でろでろん、となにかがシンクに落ちる音、それからマックスおはぎの声がくぐもって聞こえた。

「ゴマ団子なんか入れたん誰やねん！　せめておはぎにせえや」

一週間後、シェアハウスでJ・J・エイブラムス亭カニ公園解散パーティーが開かれた。集まった面々は――あくつとよしだの阿久津と吉田。むしろ魂の棚橋。サンキューシスターズのミエカとカナエと大五郎。ごきげんポートマスライオンの田井中。ピン芸人のボンジョヴィラッコ。やりすぎないでタマちゃんのタマちゃんと栄村。風が吹いてきて髪の毛たべちゃったの吉田。ブロッコリーブロッコリーの大天使だいすけと田中。オフラインの近藤。駅前大好き芸人ターミナル吉田。とうちゃんかあちゃんのとうちゃんとかあちゃん、ふたりの息子の四歳になったばかりの凜太郎くん。BIG LOVEの塚越。増える感情の桂。お絵描き芸人のよしだゆうた。塩おにぎりの広中と吉田ハム。

他にも入れ替わり立ち替わり芸人たちが現れ、シェアハウスは終始むさ苦しく、家の外にまで人が溢れた。パーティーの最中、マックスおはぎを有名人だと勘違いしてそのファンが感極まる、という流れが生まれ、みんな押し合いへし合いしながらマックスおはぎのもとへ殺到した。マックスおはぎは「違う違う！」とか「いや急に冷めんなや」とかその都度言いながら泣きそうになり、それを隠すように、「吉田率高いなあ！」と声を張った。そのうちに揉み合いになり、ごろんとしたひと塊りになってみんなで頭からチューハイを被った。

犬彦はというと、リビングにダンボールでバリケードのような囲いを作り、その中で凛太郎くんに絵本を読んであげていた。とうちゃんかあちゃんのとうちゃんに頼まれてのことだった。はじめはみんなの馬鹿騒ぎに加われないことに疎外感を覚えたが、『ポンチョのポッさん』という絵本の読み聞かせに凛太郎くんがウケてくれるから、うれしくて夢中になっていた。

「『ごうかけんらんな　ポンチョに　ポッさんはおどろきました。ポポポポポーン！』」

「ギャハハハ」

『ところが　それは　あまがっぱでした』

「ギャハハハ」

『いいえ　あまがっぱでも　ありません。あんのじょう　くらげの　みよっさん　なのでした』

「……」

「あれ？　どうした？　凛太郎くん。飽きちゃった？」

「リンリンリン」

「なにそれ。自分の名前のこと言ってる？」

「リンリンリン。誰かきた」

ああ、と犬彦が気づいた時には他の芸人たちも呼び鈴が鳴っていることに気づいた。「はいはーい」とターミナル吉田が玄関のドアを開けると、そこには二十代前半と思しき警察官が立っていて、その後ろでは別の警察官が家の外でたむろしていた芸人たちから話を聞いていた。

近所から騒音の通報があったようだ。シェアハウスに集まった面々は事情を聞かれた。エピソードトークの糧にできるかもしれないと警察官相手にボケる者も数名いたが、次第に賑やかなムードは萎んでいった。それでも、家主であるマックスおはぎは、この事態を生んだのが自分だということにかなり興奮しているようだった。酔った際の常套句である、十年以上前に流行ったネタ見せ番組で七週連続で勝ち上がった時の話を、よりにもよって警察官相手にまくし立てるのであった。

しばらくして警察官が帰っていくと、流石に家で騒ぐのはやめようということで、みんなで近所のタコ公園にいくことになった。犬彦も凛太郎くんを連れてついていった。後輩たちがマックスおはぎとマグカップンを日に焼け白く褪せたタコ形の滑り台に寄りかからせてダサい写真を撮った。「これあとで白黒に加工して家の玄関に貼っておきますね」と石田アルミ。

大天使だいすけが「ブラムス亭の漫才が見たーい」と言うと、「ブラムス亭！ブラムス亭！」とコールがはじまった。「わかったわかったから、ちょっと静かに」マックスおはぎの言葉に、わーー、と拍手がはじまったから、マックスおはぎは照れたように相方を見た。吉田ハムが、J・J・エイブラムス亭カニ公園がよく出囃子として使っているB'zの「ultra soul」のイントロを流すと、J・J・エイブラムス亭カニ公園のふたりは観念したように深呼吸し、首や指をポキポキ鳴らしてから、「どーもー」とネタをはじめた。

「J・J・エイブラムス亭カニ公園と言いますー。よろしくお願いしますー。J・J・エイブラムスに許可は取ってないのでどうか訴えないでくださいー。はいよろしくお願いしますー。僕がマックスおはぎで、こいつがマグカップンという名前でやらせてもらうてます。ちょっといきなりやけど、僕、運転免許は持ってるんですけどペーパードライバーでね、ちょっと車の運転練習したいから、つきあってくれへん？」

「……………………まあいいけど」

「なんの間やねん。ほんでどこ見て喋っててんねん」

「最中《もなか》って、なんであんなに歯の裏側にくっつくんでしょうね」

「誰となんの話してんねん！　いくよ。ぶ〰〰んぶ〰〰〰ん。ぶんぶ〰〰〰〰ん。キキィ！　おいこらどこ見てんねん！」

「喉詰まっちゃいますよねえ。へへっ。へへへっ」……。

漫才四つとコントふたつが続けて繰り広げられた。犬彦は、集まった面々と共にゲラゲラ笑った。

ネタはそこまでおもしろくなかったけれど、笑うことがいちばんの餞なんだと思った。

同じ芸人として、彼らの一六年をちゃんと笑ってあげないといけない気がした。

気づけば陽が暮れていた。もうとっくにけじめはついていたのだろう、マックスおはぎとマグカップンは、明日SNSに投稿する予定の解散発表コメントについて、タコの前にしゃがみ込んで事務的な表情で打ち合わせをしている。と、「うおお」とマグカップンが声をあげた。どうやら、家に警察がきたことが早くもネットニュースになっているらしかった。ぽつぽつとあるコメントは批判ばかりのようだったが、J・J・エイブラムス亭カニ公園のふたりは表情を緩ませていた。

「オレら、話題になったの何年振り?」

「覚えとらんわ」

マックスおはぎがズボンのポケットからタバコの箱を取り出した。何年も前に解散した同期が単独の物販として作ったロゴ入りの百円ライターでタバコに火を付けると、「一本くれ」とマグカップンが言った。

「禁煙したんとちゃうんか」

「固いこと言うなよ。今日くらい」

ふたりの様子を見て、犬彦は目頭が熱くなっていた。

凜太郎くんが心配したように犬彦のシャツの袖を引っ張ってくる。

「大丈夫だよ。俺は全然」

泣きたい気分だったが、犬彦と凜太郎くんの近くでは感極まった上級太郎が「うぉ――――ん」と叫びながら器用に落ち葉ではなをかんでいたから、笑ってしまった。

「凜太郎コンビニいくー?」かあちゃんの声がした。凜太郎くんは犬彦の表情を覗き込んだあと、かあちゃんの方へ走っていった。

「ええよな」

いつの間にか、隣に安西煮転がしが立っていた。

「どういう意味? おまえ、ティッシュある?」あれ、と上級太郎を指差した。

上級太郎はかき集めた落ち葉に顔ごと埋まるような格好になっていた。安西はうれしそうに上級太郎の写真を撮ったあと、「ジョーさん」と声をかけ街頭配布でもらったポケットティッシュを放った。

「コンビは解散できてええよなって」

「は？」

「ピンには解散なんかない。ずっと、自分ひとりや。どんだけ笑われんくても、どんだけ打ちひしがれても、見切りのつけ時を誰も教えてくれへん。極端な話、芸人としてまるでおもんなくても、一生続けてしまえるやん。誰からも求められてなくても、自分の笑いに閉じこもって職人っぽく続けることができる。よく言えば生業《なりわい》、悪く言えば、いつの間にか老害になっていく。僕はたまに思うねん。腐るほどおる芸人の中で、売れる人間なんて、奇跡みたいにひと握りやろ。ほとんどのやつは人生の何年かを叶う保証もない夢に費やしていく。何年か、で済んだらまだええと思うわ。僕は思うねん。解散できるっていうのは、辞めるタイミングがあるっていうのは、人によっては救いなんとちゃうかな。逆を言うとピン芸人には救いがない。僕らは、地獄におるんや。人生張った最高の地獄にな」

「なんだよおまえ。まるで、転生してピン芸人になった〜、みたいな口ぶりして。二年目のやつがなに言ってんだ」

「おまえは、高崎犬彦はどうなっていくんや？　子どもを絵本で笑わせてるだけで満足なんか？」

そう言うと安西は犬彦の前から去っていった。

「はあ？　なんだあいつ。なにしにきたわけ？　格言を言いにきたのか？『人生張った最高の地獄』って、なに？　なに気取り？　クソ格言野郎かよ」

犬彦がひとりでぶつぶつ言っていると、上級太郎が近づいてきて、「これ返しといてくれ」となぜか犬彦に安西のポケットティッシュを渡した。

「安西あいつすごいよな。水切りブルドッグさんの全国ネットのラジオ、公開ネタ見せで勝ち上がって三か月間アシスタントするんだって」

「え。誰がっすか」

「だから、安西が」

「ええぇ……」

犬彦は、悔しがるというよりも、安西の躍進にひいてしまった。

ひいてしまった自分に対しての情けなさが湧いてきたのはその日の夜中で、枕に顔を埋めてうわーと叫んだ。起き上がると安西の部屋の前までいって、「クソ格言野郎がよ」とつぶやいた。いきなり怒鳴ったりしたら、シェアハウスメイトや近所に迷惑かなと思った。犬彦にはそういうところがあった。中途半端さに自分で辟易する部分もあったから、もう少し大きな声で「クソ格言野郎」と言ってみると、いきなり開いた部屋のドアに鼻をぶつけた。

「なんやねん人の部屋の前で」

逆立ちでもしたような寝癖の安西煮転がしが、目をこすりながら控えめな声で言った。けれども、寝ぼけているせいか、鼻を押さえながらうずくまっている犬彦に気づかなかった。「え。怖……」とつぶやいて安西はドアを閉めた。犬彦は気づかれなかったことにもムカついて仕方なく、自室からシャーペンを持ってきて、安西の部屋のドアの隅っこに「ばーか!」と書いた。

ところが後日、

「いやあの、芸人仲間とシェアハウスしてる家、曰くつきやっていう噂があったんですね、出た、出ました、出たんですよ、ついこのあいだ! 僕のことをえらい馬鹿にしてくる幽霊!……」

安西が水切りブルドッグのラジオで話しているのを聴いて、犬彦は顔から火が出そうになった。どうにかして見返してやりたかった。またドアに落書きをする? いや、逆効果だろ。というか、そんなんじゃないだろ。俺ら、芸人だろ。笑いの量で見返すしかないだろうが。折りしも一二月の上旬で、ピン芸人日本一を決めるP－1グランプリの予選がはじまるまであと一か月ほどだった。犬彦は、夕食の席で執拗に納豆をかき混ぜる安西に、それとなく、どういうネタでP－1に臨むのか聞いてみた。

「漫談やけど。おまえは？」

聞き返されて、犬彦は腕を組みながらじっと考えた。漫談は賞レースで勝ち上がりにくいだろうと考えて、以前からフリップネタを温めていたのだ。ただでさえ安西とは芸風が被っているのだから、なおさらフリップ芸の方がよくないか？いやでも、こんな風に消極的でいていいのか？こうやって折衷案を探したり妥協したりしてしまうの、俺のダメなとこじゃないのか。俺の笑いは俺のものなんだから、俺も漫談をぶつけた方がよくない？などと、腕組みをして体ごと左に徐々に傾けながら考えていると、ポロン、と通知が鳴った。安西のスマホからだった。納豆をかき混ぜる手を宙に浮かせたまま安西はスマホを見、にやけたかと思うと怪訝な表情になり、画面を犬彦に見せてきた。

「えええ？」

と犬彦が驚くと、安西は聞き慣れた舌打ちをした。

「いやごめんなー。意地悪やなー思うねんけどうちのスタッフがこの前きみらがテレビ局で言い争ってるの聞いてたらしくて、これごとひとつのコーナーとして番組に出すのどうですかねー言うてきてさあ。できたら看板コーナーにしたいらしいで。あんまりないやんか。今どきそんなバチバチなん。どう？　やってみぃひん？」

犬彦と安西は打ち合わせに呼ばれていた。高級居酒屋の個室席だった。向かいに座る町田さかなと歳の若い番組プロデューサーの話によると、どうやら、テレビ局運営の動画配信サイトで町田さかなをＭＣに据えたオリジナル番組を立ち上げるということらしかった。突然の呼び出しに、犬彦はドッキリなんじゃないかと疑っていた。ドッキリだったら自然にしてなきゃ、と緊張していた。けどこういうシチュエーション、緊張するのが自然な反応だよな、と何重にも込み入ったかたちで緊張していた。

「さかなさんはどう思うんですか」

「ちゃうちゃう。きみらがどう思うかやで。オレはスタジオできみらのこと見てワイプのちいちゃい画面からツッコむだけやねんから。『さかなんち』っていうタイトルではあるけど、主役はきみらやねんから」

「……主役」

犬彦は生唾を飲み込みながら、座席と背中の間に差し込んだ紙袋を気にしていた。このあいだ先輩芸人が大喜利に定評のある町田さかなにスケッチブックを差し入れしているのを目撃して自分も買ってみたのだが、渡すタイミングを逃してしまっていた。

「特に煮転がし、この企画がポシャってもなんかのかたちで出てくれへんかなあ、って。プロデューサーも。なあ？　ピンでワーキャー系で売れるやつってあんまおらへんと思うねんけど、『〇〇の人たち』の放送で煮転がしの見た目に反響あったんやって。まあそういうのおまえは嫌かもしれんけど」

「嫌っすね。ワーキャーとかほんま」

「あははあ。ええなあ、若者、って感じするわあ。話戻すけど、立ち上げる番組やねんけどな、きみらふたりで出てみぃひん？　チャンスやと思うけどなあ」

「……チャンス」

「喧嘩の台詞とか段取りは、がっつり作家さんが入って決めてくれはるらしいから」

「いいですよ。僕はやります。まず売れてなんぼやと思うんで」

「お、俺も……ぜひ……はい」

「あ、ほんまあ。よかったわー。じゃあオレ収録あるから、もういくわあ。プロデューサーもう出る？　ほないっしょにいこうや。きみらはゆっくりな。もちろんここ経費やし、なんでも好きなもん食べ。な？」

「あっ、ありがとうございました！」

安西と揃って深々とお辞儀をし、犬彦は「これよかったら」と頭を下げたままスケッチブックを渡した。

「あ、それ、さかなさんの大好物ですよね」

とプロデューサーがアシストを出すと、「大っ好きやわ」と町田が笑顔で言った。

「あれ？」ふたりが去り、犬彦は脱力した。「ドッキリじゃない？」


『さかなんち』の犬彦と安西をフィーチャーした回は、翌年の六月に配信された。当初はテレビ局運営の配信サイトでの放送という話だったが、番組自体、YouTubeチャンネルでの不定期配信というかたちに変更されたようだった。初回の収録は配信日の半年も前に行われた。一日に何本も撮り溜められた。そのどこまでが配信されるかは反響次第ということだった。ぜひ看板コーナーに、と聞いていたが、犬彦と安西が登場する回は、チャンネル開設から二十本目の動画だった。つまり、チャンネルが軌道に乗りはじめたことでようやく配信されたのだった。犬彦はなんだか釈然としない気持ちで、少しでも再生回数を伸ばそうと登場回を何度もリロードした。

P－1グランプリは犬彦が一回戦敗退。安西が準々決勝敗退だった。今年は準々決勝から見逃し視聴ができるシステムになっていて、安西の知名度はそのことで少し広まっていたから、『さかなんち』登場回の視聴数は悪くなく、相対的に犬彦にもそこそこの注目が集まった。好評により、撮り溜められていた分はすべて配信され、夏には二度目の収録が行われることとなった。予算が増えたようで、今回はプールを貸し切ってのロケだった。

犬彦は台本の指示に従って、普段よりももう少しへらへらした感じで、安西はいつも通りピリピリしている。どうしてかプールサイドでふたりでおでんをつつきながら、なつかしの『エンタの神様』や『爆笑レッドカーペット』についてお笑い談義をしていると、「えっ、ここはプール⁉」と犬彦が気づき、「プールにきたら芸人は飛び込むしかないだろ！」と犬彦が突然プールに飛び込む。その飛び込み方やリアクションがなっていない、と安西がキレて喧嘩になる、というシナリオだった。プールを貸し切りできる時間の関係で、朝六時からの収録。夜十時ごろまであるその日のロケの一本目だった。

「クソ番組やんけ」

プールから上がっては飛び込んでを繰り返している最中、拾われないくらいの小さな声で安西がつぶやいた。

「おい、ふざけんな」

ほぼ同時にプールサイドに上がりながら、犬彦が安西に囁き、またすぐに倒れるように飛び込む。「ハハハハ！　ハハハハハ！」同行スタッフがしきりに立てるスタッフ笑いが、水中でくぐもって聞こえる。

「こんな風に体張るだけやったら……ゼェ……素人でも……ハァ……できるやろ。なんでこれ、一本目やねん……」ドボン。ハハハハハハ！　ハハハ！

「黙れよ……ハァ……チャンスなんだぞ！」ハハ！　ハハハハハ！

「おまえは……いっつもいっつも、運だけの、どクソ……人の尻馬に……乗っかってるだけやろうがっ！」

プールサイドで、安西が犬彦にタックルするようにぶつかった。犬彦は転倒してタイルに頭を打ちつけた。ハハハ！　ハハハハ！

「シリウマ？　なんだそれ、急に星の話かよ？　ロマンチックかっ！」

「おまえ、どアホやんけ」

安西は笑ってしまい、けれど犬彦は、それがどういう笑いかよくわからない。

「アホって言った方が……えっと、アホだろうが！」

揉み合いになり、ふたりでもつれながらプールに落ちた。

それでオッケーが出た。

着替えて次のロケ地へとワゴン車に向かいながら、犬彦は「きつい現場だったな」とつぶやいた。声に出してみると、自分がいったいなにをしているのか、なにをしたのか、まるでわからなくなり、不安で仕方がなかった。気づけば涙を流していて、泣いているところをカメラに撮られ、配信にも使われた。

泣くほどなんてかわいそうだというコメントやかわいいというコメントが溢れ

た。お笑いや芸人の在り方について、芸人でない素人がひたすらに議論し、アテンションだけが積み重なっていった。炎上というわけではなかったが、ひたすらに増していく歪な熱に引き上げられるようにして、犬彦に人気が出はじめた。

芸人になる一年前のこと。

チラシを受け取ったのは、営業先から別の営業先へ向かう途中だった。駅前の雑居ビルの前で、法被《はっぴ》を着たロン毛の若い男から強引に掴まされたと言った方が正しかった。

「すべて、笑うことからはじまる」

筆ペンで殴り書きしたようなフォントでそう書いてあった。

宗教かなにかか？　はじめはそう思ったが、よく見るとお笑いライブのタイトルだった。

最近俺、いつ笑ったんだろう。

しばし考えたけれど、思い浮かんでくることと言えば最悪なものばかりだった。上司や顧客からの叱責。毎日朝五時に鳴るようにしている三つの目覚まし時計。達成できないノルマ。会社のキャスターチェアの絶叫するような軋み。それらが合わさって、自分を責め立てる不快な音になる。

劇場に入るのも、仕事をサボるのもはじめてだった。

地下にある六十人規模の客席は、三分の一も埋まっていなかった。スーツ姿の客は犬彦ひとりだけだった。仕事を途中で抜けてきたのバレバレだな、と他人事のように思う。土曜日の夕方だ。まだまだ仕事が残っているし、明日も出勤しなければいけない。働けって言われてるんだから、それにちゃんと応えて、ちゃんと歯車にならないと、俺には価値がない。ずっとそう思ってきた。けれども、限界だった。

死ぬか。

気軽にそう考える自分がいる。

本当に死にたいというよりは、今の職場や、この体から離れることのない疲労感から抜け出したい。そのための選択肢として、休職や退職よりも先に、死が浮かんでくる。仕事を辞めるための具体的な方法よりも「死」は抽象的だったから、まだ考えるのが楽だった。

舞台が暗転し、明るくなると、ふんどし姿の男たちが立っていた。真ん中のひと際太った男だけサンタクロースの帽子を被っている。左右の痩せた男ふたりがファイティングポーズを取りながら、「すべて笑うことからはじまる！」「ボリューム6！」

太った男が「メリークリスマス」と腕組みしながら唸った。

再び暗転し長めのBGMが流れると、「どーもー」と言いながら、舞台袖からアゴの尖った男と背の低い男が現れた。漫才のつかみを考えたい、というネタだった。彼らは何度も舞台袖にハケては「どーもー」と言いながら現れ、その度に前列の客相手に「これでも、同じ人間なんですよ」「浜松からきた。そんな顔してる」「今日、抜け毛が何本だったか覚えてる？　ちなみにボクは覚えてるよ。キミの手のシワと、同じ数さ～」などと話していく。反復される動作のちょうど良い騒がしさに包まれ、犬彦はいつの間にか、眠ってしまった。

目が覚めると、ピン芸が行われていた。

ベージュのチノパンとチェックのネルシャツ姿の太った男が、汗をまき散らしながら熱弁している。

「……次に、トイレに入ったらトイレットペーパーがぜんぶ金箔になってる。これも〝ないない〟ですねえ！　特定の地域の五三歳の女性だけ必ずタモリさんのことを『森田さん』と呼ぶ。これも〝ないない〟。このボク、ガガンボたけぞうが笑いの神様に愛される。〝ないない〟ですねえ！　笑うとこですよーっ！　ハハハーッ。かいけつゾロリじゃなくて献血ゾロリ。おじいさんは山へしば刈りに、おばあさんはサルティンバンコへ。濡れた仔犬のような猫。鳴くよウグイスうるさいな……」

わけがわからなかった。

こんなの、なんでもありじゃないか。

犬彦は話を聞いてるだけでイライラしたけれど、同時にどこか、羨ましくもあった。

楽しくて仕方がない——ガガンボたけぞうは、そんな表情をしていたから。

ライブ最後のネタらしかった。そのあと、二十分ほどトークコーナーがあった。「クリスマスプレゼントにもらったらうれしいもの／イヤなもの」というテーマだった。

「いやそんなん、決まってるじゃないですか」ガガンボたけぞうが真っ先に言った。「うんこしかないでしょう⁉」

そこからの時間、演者全員でのうんこノリが続いた。舞台袖を利用してちょうどよく局部が隠れるようパンツを脱ぐ、という流れを全員がこなした。黒い幕から半分覗くガガンボたけぞうの大きなおしりは、ほくろだらけだった。

なんなんだよこいつら。馬鹿過ぎるだろ。

犬彦は呆れながら笑った。

あの時、涙が出るほど笑ったんだった。

どうしてこんなタイミングで、芸人になる前のことなんか思い出すんだろう。

芸歴六年目になった高崎犬彦はひな壇に座り、笑顔を作っていた。

芸歴も事務所もごちゃまぜで出身地ごとに西チーム、東チームに分かれ、今年あった楽屋ニュースを〝笑いでお焚き上げ〟する生放送番組『島ちゃんの笑殿《わらでん》！年末大忘年会スペシャル』の収録だった。まだ芸歴の浅い若手から、普段はあまりバラエティに出ず劇場をメインに活動している師匠たちまで総勢六十人が集まる関西ローカルの年末恒例番組だ。

「いや、だからな？　賞レースに人生かかってるのって、どうなのよ。お笑いって、言うたら人生やで？　一生つきあっていくもんやろ？　ここにいるみんなもその覚悟があって今日ここにきてるんと違うんか？　それがテレビショーの結果でな、左右されてしまうのってどうなんよってワシなんかは思うけど」

「師匠、師匠。まだはじまって十分です。ペース上げすぎ。そんなに熱くなったら――」

「そんなん関係あるかいな。普段から思ってることを話してください、言うて呼ばれてんねんでワシぃ。今日せっかくの機会やから言うて楽しみにしてきたのに。だいたいな、最近はちょっと作り物のお笑いが多すぎ。きみら、なあ、きみらは自由にお笑いやってる？」

「ちょっと、師匠。そんなに熱くなったら――」

「え？」

「師匠。フリ。フリですやん。そんなに熱くなったら――」

「熱くなったらラタトゥイユ。アーラごめんあそばせ」

御年七三歳になる近田《ちかだ》紺助《こんすけ》が往年のギャグを披露すると、西チームのひな壇に座った芸人たちが新喜劇よろしくズッコケたので、東チームの連中も遅れておよよっと転ぶふりをする。犬彦の反応は随分と遅かった。むしろイジってもらうチャンスか？　と思い、その場で棒立ちになってみる。

「ちょっと、東チームリアクションが遅いんとちゃう?」

「だってボクら脳みそ新喜劇で作られてないですもん!」

「ほんでなあ、ワシらの若い頃なんか——」

「続けるんかい!」

司会の島田祐二がツッコむと場がオチた。新喜劇以外であまり露出のない近田紺助はそのキャラクターも相まって、イジれる師匠、として毎年この番組では重宝されていた。

CMに入る前に、カメラさんが舐めるようにひな壇上の芸人たちを映していく。立ったままでいた犬彦はカメラに抜かれ、隣席のオフラインの近藤と共になぜか想像上のインド人みたく両手を合わせ、首を揺らした。

番組に呼び集められたメンツの中では、犬彦は東チームの近藤、ご提案侍たっくん、西チームの安西煮転がしと同期だった。

犬彦は、同期や近い芸人たちから芸を評価されているわけではないけれど、親しみは持たれていた。芸人たちからすると犬彦は、炎上を気にすることなくイジることができる〝助かる〟存在だったし、テレビ映えする素朴なリアクションができるから、ワイプでロケを眺めるだけの番組によく呼ばれた。犬彦は賞レースで良い結果を残したことがない。それがコンプレックスであると同時に、この頃では、P－1で優勝してもな……という開き直りのような気持ちもあるのだった。

CMが明け、しばらく続いた〝オレの不満を聞いてくれ〟のコーナー終盤で、

「おかしいと思うの、僕だけですか？」と西チームの安西煮転がしが言った。

「こいつが売れてるの、許せないんです」

と、台本で決まっていた入りの台詞を、けれど本心でもあるのか熱を入れて言う。カメラが犬彦の顔を映すと、犬彦は一瞬でへらへらした顔を作り、もうちょいできるか、と眉毛を下げて唇を歪ませ、よだれを垂らす寸前、みたいなイメージで顔を作ってみた。あっはは、と隣のオフライン近藤が笑う。向かいのひな壇から、「いやほんまそういうとこ」と安西。

「ひとりでおもしろいわけじゃないんですよこいつ。それやのになんでピン芸人やってるわけ」

「うわおまえ！」と声を張ったのは近藤だった。犬彦の口からよだれがだらだら出まくっていることに気づいた周囲の芸人たちがうれしそうに手を叩く。犬彦本人は、司会の島田祐二から指摘されるまで自分のよだれに気づかなかった。

「でもまあー、そういうとこやんなー」西チーム前列、司会にいちばん近い位置に座る町田さかなが言った。「犬彦には天然のツッコミしろがあるからなあ。普通ピンってさあ、隙っていうか人間味みたいな部分見せにくかったりするやんか。せやから余計にさ、煮転がしみたいなタイプからしたらズルいって思ってまうよなあ。犬彦って別に、ネタが上手いとかではないけど、芸人やんか。なあ、煮転がしもわかるやろ」

「はい？　どういう意味っすか？」

「愛されてるやん。一般の視聴者からもスタッフからも、犬彦ってこういうやつやんなーっていうイメージがあって、そのまま犬彦のこと笑いやすいやん」

「そんなん、なにが芸人なんすか。笑われてるだけじゃないっすか」

「うわー、めちゃめちゃぶぶれびび……ってす！」

「なんてー？」

とスチューデントのツッコミである吉見がガヤ芸人らしく言う。

「めちゃめちゃうれしいです。ありがとうございます」

「おまえ、なんかボケろや！　芸が未熟のまま売れんなクソ！」

俺だって、虚しいと思うことくらいあるよ。

犬彦がつぶやいた言葉を隣の近藤だけが聞いていたが、近藤はただ番組のために笑い続けた。

「いいですねー若手ふたりのバチバチしたやりとり。いつかぜひふたりでN－1グランプリに。さあ次のコーナーいきましょうー。次はこちら！〝今年あったこと年表〟のコーナ～」

「イェーイ！　年表イェーイ！　ヒューヒュー！　待ってました。年表大好きだ～！　これで年越せる～！　これで年越せる～！　ありがとう島ちゃん～」

「ちょっともう吉見、どんどん時間押していくから。なあ？　毎回はやめてくださいね。はいでは、最初の〝今年あったこと年表〟はこちら。はいドン！　えー、これはどなたですかー」

「ぼくたちですー」

「出た愚《ぐ》ー愚《ぐ》ーチョキチョキ。今年はもーう大活躍でしたね。N－1のファイナリストになったりして、グンと仕事が増えたんじゃないですか？」

「ありがたいことに、そりゃあもう――」

　笑い声とガヤの中で犬彦はホッとしていた。

　とりあえず、ひと笑い生んだぞ……。

　視聴者はどういうこと書き込むかな、とSNSでの反応を予想する。さっきの「めちゃめちゃぶぶれびび」とか噛んだところ、ウケるんだろうな。俺は別に、おもしろいことをしたわけでもないのに。

誰のことも否定せず失敗気味にボケると、「やさしい世界」とか書き込まれるんだ。そういうのが好きな視聴者もいれば、レッテルを貼ってきつい感じでイジったり悪口を言ったりする、毒のあるのが好きな人たちも大勢いる。

俺は時々思うんだ。

やさしさも毒も、結局同じなんじゃないかって。

ただ関心を生む。それだけ。それだけが大事。

内容なんてどうでもいいんだろ。

どっちかが話題になれば、どっちかも盛り上がる。

お笑いが時代を表してるみたいになにか言いたい人たちがネットにはたくさんいて、勝手に盛り上がってくれる。

なんだそれ。

なんでそんなのに、笑いが利用されてるんだろう。

でも俺は、なんにもわからない。

みんなが笑ってくれるから、自分がやっていることは正解なんだろうって、そう思う。

安西の言う通り。俺のどこが、芸人なんだろう。

「――いやでも、ランクつけるわけではないですけど、やっぱりこれはうれしいお仕事でしたね。出身地の名産米の大使になれたっていうのは。恩返しできたみたいで」

「『ピッカピッカツールルツールル～』やろ？　地方に泊まった時ＣＭ流れてた流れてた」

「こらっ！　誰が頭ハゲ散らかしたツルピカ米じゃ！　カメラさんありがとね。イジってくれて」

「師匠、ぼくらの時間盗らんといてくださいよ」

「ワシはここが一年で一番輝くタイミングなの！」

犬彦は、ハハハッ、と乾いた笑いを出す。

いつの間にか、テレビ向きの声が通るだけの笑い方が随分とうまくなった。

苦しくなる。

絡みの不慣れさや、ボケの不発を率先して生み出そうとする自分が。

俺はもう、そういうキャラだから。

ショーの歯車にならないといけない。

そう意気込むことが、面倒臭くて仕方なくなる日もある。

でも、笑いに繋がるなら、なんでもいい。

結局、それがぜんぶだ。

特に今は、安西煮転がしと近藤、それに、さかなさんがいるから、どう立ち回ってもなんとかなってくれそうだった。

背中が汗でぐっしょり濡れていた。犬彦は、吉見の「ヒューヒュー!」というガヤのタイミングに合わせて、ハモろうとしてみる。

示し合わせてもないのにうまくいくはずはなく、吉見の声量に隠れるかたちでひとり「ヒューヒュー」

そのボケに近藤がわちゃわちゃとチョけた、ということを安西が、

「ボケるんやったらボケろー」と場に通してくれた。

「なになに?」

島田祐二が拾い、犬彦が要領を得ず言うのを近藤がわかりやすくしてくれて、

「えー、ちょっとやってみてえや」と町田さかな。

「もーなんなんすかそれー。いくよ? せーの」と吉見。

「「ヒューヒュー」」

吉見と犬彦でハモった。

「これが最近の笑いか?」と近田紺助が言うと場がハマった。

犬彦は笑顔を作りながら、芸人たちのやさしさに感動した。

俺なんて、なんにもおもしろくないじゃん。

みんながおもしろいだけだ。

そして唐突に、四年前のことを思い出す。

はじめてのテレビ出演。はじめての町田さかなの番組。安西煮転がしとの出会い。

懐かしいな。

あの頃は無我夢中で、めちゃくちゃだったけど、お笑いが楽しかったな。

あの頃は？

視界がおかしくなったのは、その時だった。スタジオ全体を上から見ているような感覚に襲われた。かと思うと、急降下し、スタジオ床の紅白模様しか見えない。演者とスタッフたちの笑い声が、突然不快なものへと変化した。

胸が、苦しい。

内側から誰かに叩かれているような。

なにこれ。汗止まんねえし。息するのも……。

戸惑いを隠すように笑った。

誰もボケていないのに。ただ、犬彦だけ。

ハハハッ！　ハハハハハッ！

震える手をパシパシ叩くと、そのまま犬彦は前のめりになり、芸人たちの頭の上ににゅううっともつれるように、ひな壇の四段目から転げ落ちた。

いくつか医者を回ったが、体に異常は見られなかった。どうにも、心因性の発作のようだった。適応障害ではないか、ということらしかった。犬彦は事務所の人間から半ば命じられるようにして、しばらく活動を休止することとなった。

「まあ、まだきみはこれからだし、他所様《よそさま》にかける迷惑が少ない内にさ、しっかり治して、戻ってきなよ。あとさー、島田さんがかなり怒ってるって圧かけられたんだよね。あの人優しい人だし、向こうの社員さんの言い分だからどこまで本気かわからないけどさ。まあ、この機会にちょっとゆっくりしなよ」

マネージャーに電話口でそう言われたが、犬彦はなにも気持ちが揺れなかった。芸人として仕事をするなと言われてひとつもムカつかないなんて、休んだ方がいいんだろうな。

ここもダメなんだったら、俺の居場所はどこなんだろう。

どうせこうなるなら、もっとブレイクしてからの方がよかったな。

ため息を吐きながら、なにも映らない真っ暗なテレビを見つめる。

ベッドの上からリモコンの電源ボタンを押したが、テレビは点かなかった。

「よ——っこいしょ」

大げさにそう言って起き上がり、テレビの主電源を押すと、ウワハハハ、とじゃきじゃきうるさい笑い声と共に安西煮転がしの顔がアップで現れた。

「ひゃ」

と空気を吸い込むような悲鳴を上げ、犬彦は何度か主電源をカチカチと押す。

画面に安西が映っては消える。その度に背筋に大粒の汗がどっどっどっと生まれた。

俺は、なにを怖がってるんだ？

もしかして、安西を？

そんなわけあるかよ。

怖いのは、笑い……。

発作の直後は平気だったのに。

「今すぐやらなくちゃ」

と独りごち、窓から放り出そうとテレビを持ち上げたが、これは恋人が買ってくれたものだった。

テレビを抱きしめるようにその場に座り込む。

「やらなくちゃ。やらなくちゃ。ど、どーもー、高崎犬彦と申します。ピンで……ピンで……やらせてもら……って……」

ネタの続きが出てこない。

体が、笑いを声にしようとしてくれない。

しばらくのあいだ、テレビ自体を視界に入れないようにした。スマホも。SNSもネットニュースも、見ないように。お笑いのことを考えないようにした。けど、それだって怖い。

自分がいたポジションが誰に代わっているのか、どうしたって気になる。

平場でイジられる夢を見て、叫びながら目を覚ます。

とにかく、疲れなきゃ。なにも考える余地がないくらい。

そう思って、日中はひたすら歩き回った。

彼女と暮らす東大前のマンションから上野公園まで向かい、しらみ潰しに散歩した。美術館に足を運び、なにもわからないなりに有名な絵のキャプションを暗記した。なにかをしてないと、気が済まなかった。賑やかな場所にはいけない。街ゆく誰かが必ず芸人の話をしているから。電車やタクシーには芸人を起用した広告がある。怖い。怖いんだ。

「また、イヌくんのお笑いが見たいな」

休養をはじめて一か月ほど経ったある日のこと。

仕事から帰ってきた彼女がそう言った。

励ましというか、願望。

犬彦の恋人、宮城《みやぎ》美衣《みえ》は、元々犬彦のファンだった。

出会いは、配信番組『さかなんち』に犬彦が準レギュラーとして出演していた当時のことだった。安西煮転がしと喧嘩めいたお笑いをするという体ではじまったコーナーだったが、ファンが増えるにつれ、ふたりの仲の良いところが見たい、という声が強くなった。折衷案として、喧嘩とは別に、それぞれ本人とは別のキャラに扮して東京の商店街をめぐる、というコーナーが設けられることとなった。一体どう調べたのか、商店街ロケの収録日と集合場所を特定し、出待ちをしていたのが美衣だった。

ロケの開始前の時間、美衣は「あっ、高崎さん高崎さん、よかったらこれおひとつどうぞ」と紙袋を渡した。手際のスムーズさに、犬彦はスタッフか関係者の人かな、と思ったのだ。紙袋の中には、手紙と、高級そうな洋菓子の詰め合わせが入っていた。

その日のロケ後、犬彦は、手紙に記されていたインスタのアカウントにメッセージを送った。芸人に連絡先渡すのとか慣れてるんだろう。釣られてるのかもしれない、と思いはしたが、週刊誌の息がかかった人間だとしたら、俺じゃなくて安西を狙うはずだ。

安西煮転がしと抱き合わせでの仕事が多く、犬彦は二番手とみなされるのが常だった。それにも慣れ、卑屈でさえなくなってしまったが、二番手であることは犬彦を大胆にさせた。美衣とふたりで出かけるようになるまでに、大した時間はかからなかった。ファンとデートするのははじめてだった。会社勤めしていた頃からずっと、女っ気の薄い暮らしをしてきた。

とにかく、変なこと言って、炎上だけはしないようにしよう。

身構えてデートに臨んだからか、お茶している時も、東武動物公園でやたらと妙なモニュメントを目にした時も、ひとボケもできなかった。俺、なにやってるんだろう。彼女は、芸人の俺を好きでいてくれてるのに。帰りの電車で、犬彦はひとりで大喜利をはじめた。

Qこんな動物園はイヤだ。どんな動物園？

Aブリッジしてるおばあちゃんがいる。

Qこんなラスボスはイヤだ。どんなラスボス?

A粗茶をくれる。

すると美衣が「Qこんなマグカップはイヤだ。A取手が臭い」

「どんなお題? それでどんな回答?」と犬彦は笑った。「美衣さん、いい人だな」

「えー。どこが。ボケてくる彼女とか芸人さんイヤじゃない?」

「え? 彼女?」

「一般論ね」

「一般論かあ」

「イヤじゃない?」

「俺はその一般論から外れちゃうな」

犬彦がそれまで暮らしていたシェアハウスを出て、彼女の家で暮らすようになったのが二年前のことだ。

またイヌくんのお笑いが見たい、という美衣の言葉は、自分はまだ高崎犬彦のファンでいたい、そう告げていた。

「がんばるよ」

犬彦は笑ったけれど、口にすると神経がすり減った。

お笑いができない俺に価値ないだろ。

活動を休止している間の家賃は彼女に払ってもらっているから、いろいろなことをうやむやにしておきたかった。

高校時代の同級生から、花見をしようと連絡がきた。

メンバーは、高校時代によくつるんでいた四人だった。犬彦と、斎藤と、ともしげっぴーと、ガチャバッキー。特別仲が良いというわけでもない、と犬彦は自覚していたけれど、しょっちゅう四人で行動していた。

犬彦はもうすぐ三一歳になる。四人とは、成人式以来ろくに連絡も取っていなかった。小中高の友だちも、大学の友だちも、会社員時代にお世話になった人も、一度離れてしまうと、連絡をすることはめったになかった。自分からも、向こうからも。

このタイミングで声をかけてくるなんて、俺の事情を知っているからだろ。癪に障ったけれど、せっかくの機会だし、と思う自分もいた。休養中にエピソードトークの素材をストックしておきたかった。舞台でなにか話すところを想像するだけで、言葉がもつれるけれど。

芸人仲間には何か月も会っていない。連絡もろくに返していない。どうしてお笑いが怖いのかもよくわからないまま、わからないからこそ、近づくことができなかった。安西からもなにかメッセージがきていたけれど、どうせ嫌みだろうと思って見ていない。

当日は、ガチャバッキーの家がある千葉で花見をすることになった。待ち合わせ時間に船橋駅に着くと、近隣のコインパーキングまでくるよう連絡があった。白のステーションワゴンと軽トラが並んで停まっていた。ガチャバッキーがクラクションを鳴らしながら、軽トラの中から手を振った。窓を開け、「そっちに乗ってもらっていい？」と言う。ステーションワゴンの運転席に座った女性が犬彦に会釈した。その隣には小さな女の子が座っていて、後部座席にはともしげっぴーと斎藤。

「ユカと会うのはじめてだっけ？　妻。妻ね。てかイヌヒコひさしぶりすぎん？」

「結婚したの？」

「とっくの昔だけど」

「子どもも？　ガチかあ」

「今日なぜかウチの親父もくるみたいだから、イヌヒコそっち乗ってもらっていい？　親父が来次第あと追うから」

犬彦は後部座席のドアを開け、斎藤の隣に座る。

「イヌヒコ何年振り？」

「いやあ……わっからんな……」

「なんで緊張してんだよ」

「いや……ガチャバッキーに家庭があるの知ってた？　あ。すいません。はじめまして。高崎と申します。今日、ありがとうございます」

「いえいえこちらこそー。舞雪子《まゆこ》、お兄さんに挨拶は？」

「こんにちは！　ゴジラできるぅ？」

「あ。うん。こんにちは。ギャオオオ？」

「お。流石芸人だなあ」

「そういう冷やかし方やめろって」

「ともしげ真面目か？　これくらいでいいよなあ。テレビでもそうじゃん。なあ、イヌヒコ」

郵便はがき

お手数ですが
切手を
お貼りください

160-8571

東京都新宿区愛住町22
第3山田ビル 4F

(株)太田出版
読者はがき係 行

お買い上げになった本のタイトル：

お名前　　性別　男・女　　年齢　　歳

ご住所　〒

お電話

e-mail

ご職業
1. 会社員　2. マスコミ関係者
3. 学生　4. 自営業
5. アルバイト　6. 公務員
7. 無職　8. その他（　　　）

記入していただいた個人情報は、アンケート収集ほか、太田出版からお客様宛ての情報発信に使わせていただきます。

太田出版からの情報を希望されない方は以下にチェックを入れてください。

□ 太田出版からの情報を希望しない。

本書をお買い求めの書店

本書をお買い求めになったきっかけ

本書をお読みになってのご意見・ご感想をご記入ください。

＊ご投稿いただいた感想は、宣伝・広告の目的で使用させていただくことがございます。あらかじめご了承ください。
＊太田出版公式HP（http://www.ohtabooks.com/）でもご意見を募集しております。

「あ？　やー。ふ、ふたりはけっこう、奥さんと娘さんとも知り合いなの？」

「まあ、ほどほどですよね」

「ですねー」

「へえ」

背の低い初老の男性がのっそり歩いてきて、ガチャバッキーの軽トラのドアを開けた。ガチャバッキーの親父さんだった。

「待ってるつもりもなかったけど、揃っちゃいましたね。じゃあいきましょうか」

「ゴージラゴジラ」

「そんな『バーニラバニラ』みたいに。ギャーオオ。ギャオオ」

すぐに信号に捕まった。ユカさんは止まる度にきちんとエンジンを切るタイプみたいで、一瞬車内が静まり返る。犬彦はすでにドッと疲れた。

帰りてえ。

道中、斎藤に雑にイジられる度にそう思った。素人めんどくさ……なんて、友だち相手に思ってしまう。斎藤ってこんなやつだっけ？　いや、もしかしたら、斎藤にこんな風に雑イジりさせてしまっているのは俺かもしれない。斎藤は昔から妙なところにプライドを持っているというか、めんどくさいやつだった。もしかして俺と、張り合おうとしてる？　俺が、芸人だから？

悲しいな、と思うけれど、犬彦がショックだったのは、どういう風に話をフラれても、おもしろい言葉がなにも浮かんでこなかったことだ。

大きな公園には桜が満開だった。

「十種類あるんだ！」

と、親父さんがなぜかみんなに怒鳴る。

犬彦はハイペースで酒をあおった。医者からは抑うつ気分が増すからアルコールは控えた方がいい、と言われていたが、飲まずにはいられなかった。

同じくらいのペースで酔っていく斎藤が、「ギャグやってくれよギャグ〜」と叫ぶ。そばにいたともしげっぴーが、「最近あいつ、フィッシング詐欺に引っかかったんだよ」

「だからなに？　だから俺にギャグやれって？　笑わせろって？　俺、そういうタイプの芸人じゃねえんだよ……」

「じゃあとっととN－1優勝しろよこの野郎！」

斎藤が、ラグビー部みたいに突進して犬彦を持ち上げる。

「俺、ピンだからN－1出ねえよ」

そんなの当たり前のことなのに、犬彦は泣きたくなった。

こういう時、心がまいってしまっている時、

「相方がいれば、違ったのかな」

そうつぶやくと、トイレに駆け込んだ。やけにおしっこ臭いトイレだった。羽虫が目の前を飛んでいて、手をぶんぶん振って払おうとすると、強迫されているみたいにその動作を止められなくなった。「あっ！」おしっこを靴にひっかけてしまった。「あちゃ〜」大きな声で言うと、「よお」と親父さんが入ってきたので

声を止める。

そして親父さんは犬彦を励まそうとしてなのか、本当に二階から目薬を差したことがある、という謎の武勇伝を話しはじめたので、犬彦はさらに疲れた。

トイレから出るとみんなのもとには戻らず、公園内をぶらついた。湖を囲む遊歩道を散策し、桜の写真を撮って美衣に送る。

ベンチの上に体育座りし、ただ前方を見つめた。

春のまだ冷たい風に吹かれると、心の置き所がどこにもないような感覚に襲われた。不安というより、自分の空っぽさを突きつけられたような。ただ、吹く風に。ただの冷たさに。

「桜、こんなにキレイなのになあ」

犬彦はよろよろ立ち上がり、背の低い柵に腰を擦りつけるように体を預け、湖を見つめる。

小さく波立つ水面に、白いゴミ袋が浮いていた。その脇には、虹色に鈍く光るコーヒー缶。水流の関係でそうなるのか、泡《あぶく》と共にゴミがひと所に渦を巻いて集まっていた。長靴のようなもの。冷凍たこ焼きの空袋。スタバのカップ。水を吸った週刊誌。ありふれたゴミの集まりを見つめていると、肌がジンジンひりつくのを感じた。頭の中で、なにかがハマりそうになる。

「あぶない！」

と声がした。

なにかあったか？　あたりを見回すけれど、目に見える範囲ではなにも起きておらず、近くに女性がひとり立っているだけだった。

その人が、こちらを見つめ、「え？」と言う。

犬彦も、「え？」と返した。

「湖に飛び込もうとしてましたよね」

「……えっと、自分が？」

「ひきずりこまれそうな顔っていうか、死にそうな顔してましたよ」

「そうですか」

「あれ？　あの、違ってたらすいません。もしかして、高崎犬彦さんですか？」

顔をさされるのは好きな方だったが、今じゃなくていい、と思った。今じゃなくていいんだ。ファン相手に、応援ありがとうございます、がんばります、とやたらと腰を低くして言う、いつもの自分。その自分では、ないから。

犬彦は身構えながら頷いたが、彼女の返事は予期せぬものだった。

「えーびっくり。いつか現場いっしょになるかなって思ってたんですけど、まさかこんなところで会うなんて」

「え？　ん？　どこかでお会いしたことありましたっけ」

「いや、ないから言ってるんじゃないですか。こんなところで会うなんてって」

「んん？」

「あ。この髪型じゃわからないか」

彼女は長い黒髪をオフの時の相撲取りみたく頭のてっぺんでまとめた。犬彦は、髪型そのものというよりは、髪をまとめる水色のトゲトゲがついたシュシュで気づいた。

「ねむぴよアヤちゃんさん？　ですよね。ですよね！　なんでこんなところいるんすか。え。メガネ外してもらってみてもいいですか？」

「実家が近所なじゃじゃーんねむぴよアヤちゃんでーす。わはっはっはっはググン！」

「え。すげー。本物だー。その変な笑い声テレビで聞いたことあるー」

「いやいや。こっちの台詞ですよ。本物の高崎犬彦。ええ。やばオーラなっ」

「うるせえよ！　余計なお世話だよ！」

活動休止以来、この程度の険のある言葉もうまく使えなかった。芸というフィルターのない場所にずっといて、知らず知らずのうちに言葉遣いがおかしくなっていた。けれど相手が芸人だと、体の方から勝手に生き生きし出す。「誰が竈門《かまど》に入れて焼く前の個性のないのっぺりとした陶器だよ！」

「わはっはっはググン！」

癖のある笑い方のねむぴよアヤちゃんは、犬彦と同期のピン芸人だった。

彼女もまた、芸人としての活動を休止中なのだった。

経緯は少々込み入っていた。二年前に放送された土曜日午前のバラエティ番組『わくドキむっチューン♪』で、彼女の養成所時代のネタが流れた。つまり、遡って七年ほど前にかけたネタということになる。その中で、ねむぴよはある芸能人をイジっていた。

その芸能人が発達障害だというのを告白したのが、今から半年前のことだ。それと関連づけられるようにして、かつて『わくドキむっチューン♪』で流れた養成所時代のネタが、いわゆる検証用アカウントによって発掘され、SNS上に公開されたのだった。話題になればなるほど、今のねむぴよが発達障害イジりをしている、という風に受け取られていき、連日ニュースになって彼女は炎上し、活動を休止することとなった。

　ねむぴよと事務所が謝罪文と活動休止についての文書を公開した当時、周りの芸人たちが口々に「笑いって難しいな」と言っていたことを犬彦は覚えている。「世間こわ」と言っていたことも。

「でも思ってたより元気そうっすね」

「まあ、ゆっくり休んだし。旅行とかもできたしね。もうすぐ復帰する。うん。自分を見つめるいい機会だったな」

「自分を見つめる……」

「犬彦くんはどう？　聞いたよ。倒れたこと。元気？　まあ元気じゃないか。湖に落ちようとしてたし」

「いや。違う違う。あのゴミ見てただけ」

「ゴミ？」

「モノボケ、なにかできそうだなと思って」

「へえ。思ったより大丈夫そうじゃん。おもしろいこと考えようとしてたんでしょ？　犬彦くん、根っからの芸人だよ」

「そう、なのかな」

そんなこと、今まで言われたことがなかった。周りの芸人みたいに、昔からお笑いが好きなわけでも、学生時代からお笑いをやっていたわけでもない。あの日、ガガンボたけぞうたちのあまりのしょうもなさが、輝いて見えただけだ。ほとんど逃げるように会社を辞めて、養成所に転がりこんだだけ。それなのに、根っからの芸人だなんて、言ってもらえた。

「うわ。どうしたの。泣いてるし。私、なんか言っちゃった？」

「違う。違うんだ。うれしいだけ。うれしすぎて、ちょっときつい」

自分の中にあるこの気持ち。まだ芸人でいていいんだって、許されたようなこの気持ち。まだまぶしくて直視できなかった。けど、

「ありがとう」

「んん？　ところでさ、どういうモノボケだったの」

「えーっと。ゴミを適当に積んで隣に立たせて、架空の相方にするってやつ」

「うーんなんか、芸風違くない？　犬彦くんってさあ、ネタが安定しないよね」

「いきなり辛辣だな！　ユーチューバー御用達のデスソースか」

「ひどい返しだな。相当お笑いの勘鈍ってるでしょ。あ、そうだ。連絡先」

「ああ。うん」

「私、草川って言います。そう。本名が。ねむぴよがリアルネームだってよく勘違いされるけど、草川亜矢です。犬彦くんは？」

「そのままだけど」

「本名なんだ？　へー。芸名だと思ってた。え、ご両親はなにを思ってその名前にしたんだろう？」

「半分、犬の血なんすよ」

「どうも〜。あー、ありがとうございます。いっぱい来てくださって。いやー、ね。あーどうも、後ろの人もちゃんと見えてますよー。あ……チャン、チャチャチャ。はじめてやりましたこうやって拍手止めるやつ。タモリさんの。いいともの。あの、もっかいいいですか？　あーありがとうございます。チャンチャチャチャチャ。いやーね、改めまして、高崎犬彦と申します。復帰後初舞台でございます。あーどうもどうも。半年ぶりっすね。けっこう休ませてもらいまして。今はもうバッチリ元気です。単独ライブは実に二年ぶりということで。けっこうね、あのー、お客さん入るか心配だったんですけど、ありがたいことに。ね。ちなみに、ピン芸人、高崎犬彦を今日はじめて見たよー、って方。あっ、けっこういますね。じゃあちょっとオープニングの尺多めにもらってるんで、自己紹介しようかな。じゃあお願いしまーす（スポットライトが犬彦にあてられる。小田和正の楽曲「言葉にできない」が流れはじめ、後ろのスクリーンにはひとりの男の子の写真が映し出されていく）では改めまして。どうも、高崎犬彦です。三一歳、芸歴七年目のピン芸人です。これまでの俺の略歴を説明するとですね、七年前まではサラリーマンしてて、あのー、カプセルトイ、ガチャガチャ関連の会社に勤めてたんですけど、どうにも精神的にきつくなってしまって、その時に偶然見たお笑いライブの馬鹿馬鹿しさにあこがれてこの世界に入りました（写真の中の男の子はどんどん歳を取っていく。どうやら、結婚し、息子が生まれたようだ）それでありがたいことに、二年目の時に町田さかなさんの『〇〇の人たち』に呼んでもらって。そこで出会った安西煮転がしとはシェアハウスすることになったり、さかななさんの配信番組にいっしょに出演することになったり。同期にも恵まれましたよね。煮転がしの他に、オフラインのふたりや、ねむぴよアヤちゃん。ご提案侍たっくん。どうも俺はイジられキャラみたいで、バラエティにもちょこちょこ呼んでもらってて、生活できるくらいには売れてたんですけど、半年前の年末特番の収録の時に倒れてしまって、活動を休止することになりました。なんていう

かその頃、お笑いが怖くなってたんですよね。でもそれって
やっぱり、お笑いが大事だからなのかなって。今日が再開一
発目。どうぞみなさん、よろしくお願いしまっす！」

曲は最後のラーラーラー、ララーラー、のくだりに入り、写真は息子が成長して成人式の場面。父親と隣り合って写真に納まっている。

父親も、息子も、犬彦とは似ても似つかない顔をしている。

ララーラー、の音量が大きくなって曲が終わる。父親と息子の顔がどんどんアップになっていく。犬彦が舞台をハケると、スポットライトの下には代わって、写真の中の父親が現れた。

その男性は舞台に慣れていないのか、やけにふにゃふにゃとしていて、痰が絡

んだ声で、

「んんん。んんん。ご提案侍たっくんの父、敏之です。ごっごっ、ごていあん〜♪『P－1グランプリで優勝しても売れないんだから出ても仕方ない』って言う素人タコ殴りにしませんか〜♪」

出囃子が流れ、息子として写真に映っていたゲストのご提案侍たっくんが登場、父親とふたりでご提案ネタをはじめていった。

犬彦は舞台袖で汗をかきながら、まずはたっくんの父親に出てもらったということがウケているのにホッとしていた。ひさしぶりの舞台、緊張でまだ手が震えていた。

誰かの父親を単独ライブに呼ぶ、というのは、ねむぴよアヤちゃんとファミレスで話している中で生まれたアイデアだった。千葉の公園で出くわしてからというもの、ねむぴよとは定期的に会う仲になっていた。犬彦の彼女の美衣も交えて飲みにいったりもした。ねむぴよは美衣の前では変にボケたりせず、「お笑いファンの女の人って、女芸人にどういうの求めてるんですかね。やっぱり女性ファンも、女芸人にはデブかブスでいてほしいんですかね」とガチな質問をぶつけたりしていた。

そんなねむぴよから、復帰単独ライブが終わったあとに電話がかかってきた。

「もしもし犬彦くん？　あのさあ、うちとN-1出ぇへん？」

いきなりそんなこと言われてもな、と犬彦は正直な感想を口にし、とりあえずねむぴよを単独の打ち上げに呼ぶことにした。

劇場近くの居酒屋に現れたねむぴよは、すでに酔っているのか顔を赤くしていた。

「ひとりよりふたりの方がおもしろいと思わへん？　うち、犬彦くんにはじめて会った時にピンときてんな。この人は、ひとりより誰かといっしょにおった方がおもしろいって」

「その誰かが、ねむぴよ？」

犬彦は、若干ディスられてるのかなと思いつつそう返す。

「当たり前やけどひとりよりふたりの方が売れやすい。やっぱ、消費されやすさって大事やと思うねんな。お客さんが気軽に消費できる関係性っていうのはピンやと中々生み出しにくいやん。その点、犬彦くんはうまいことやってるよな。犬彦くんが売れたんかってほとんど安西煮転がしとセットでみたいなもんやろ？犬彦くんのアホさっていうかだらしなさっていうか愛嬌が世間にハマったわけであって。うちも、そういう隙みたいなんほしいねんな。ピンの女芸人って、ちょうどよくイジられるの難しいねん。どうしてもキャラの方に寄せられてまうか、そうじゃなかったら地味過ぎてしまうか変にセンス枠っていうかクリエイターの側みたいにされていっつもうっすら敬遠される。そういうの、いい加減窮屈やねんな。だからさあ、ちょっとうちとコンビ組んで、きみのイジられやすさ分けてくれへん？」

「やっぱり相当俺のことディスってる？」

「長所を言ってるだけやって。マジでマジで。で、どう?」

「でも俺、〝ピン芸人、高崎犬彦〟だしなあ」

「なんやそれ。だいたいピン芸とコンビ芸って対立するもんでもないやんか」

うーん、と犬彦は唸ったが、まあ、減るもんでもないしな、と思い、オッケーを出すことにした。次に会う時までにコンビ名の候補を各々考えてきておくことになり、ねむぴよは一次会でそそくさと帰っていった。

犬彦は、近くにホテルを取っているというご提案侍たっくんの父親をスタッフといっしょに送り届けてから、安西煮転がしにメッセージを送った。

「ねむぴよとN-1出るかも。俺さあ、もし仮に誰かとコンビ組んだりすることがあるなら、おまえと組むもんだと思ってた」

返事はすぐにきた。

「調子乗んなボケ」

煮転がしらしいな、と犬彦は微笑んだ。

雨がぽつぽつ降ってきて、犬彦はコンビニの軒下に駆け込んだ。例年より梅雨入りの早い六月だった。犬彦は、「おまえにはお礼言っとかないとな」とメッセージアプリに打ち込んだ。しばらくその文言を眺めたが、送信するのはやめておいた。

遠くで変な色に光っているスカイツリーを眺めながら、療養中のことを思い出した。

犬彦には、年末に休止しはじめてからしばらく、テレビを見れない期間があった。正確には、芸人の姿や、笑いのためのやりとりを見るのが恐ろしかったのだ。けれども、休止から四か月ほど経ったある日、意を決してテレビを点けてみた。すると、昼のワイドショーに安西煮転がしが出演していた。その時は、元アイドルのタレントと女性芸人トリオ、こけしスウェットの涼夏《すずか》とお松と郡道が街中の最新の節約事情をレポートするというロケのコーナーをしていて、ほとんどボケもなく、タメになる情報が展開されていくのだった。スタジオでロケ映像を見ている安西はワイプに切り抜かれていたのだが、テレビから数か月離れていた犬彦が見てもわかるくらい、安西のワイプ芸はぎこちなく、苦しそうですらあった。

そのワイドショーは、〝これから来る〟芸人にネタをさせていて、こけしスウェットとギャグ芸人のガマ吉と六十代新人コンビきらめきの水がショートネタを披露したあと、この日は隔週レギュラーである安西もネタをすることになった。

漫談をするためサンパチマイクの前に立った安西煮転がしの顔は、もうさっきまでの死んだものではなかった。


「どうも。安西煮転がしです。僕、歳の離れた小さい弟がいるんですよ。僕が三十で弟が一三歳。八年前に僕の母親が再婚した時の、夫の側の連れ子がその子で。まあ言うたら義理の兄弟ですね。弟は今中学生で、一三歳って、言うたらそのー、多感な時期じゃないですか。こうね、急にね、腕にマジックで傷痕描いてほくそ笑んだり、それからー、なんかいかがわしいものでも見てたんかな、急にスマホの画面伏せたり。まあそういうのも、僕からしたらかわいくて、なんやかんや言うて、弟も僕のこと慕ってくれるんですよ。これは弟から聞いた話なんですけど、弟の中学に旧校舎があって、そこの木の階段が変な軋み方をするんですって。どう変かっていうと、なんか人の声みたいに聞こえるんです。これだけやったら怪談みたいやないですか、階段だけに。でもその声っていうのが独特で、あの……『松たか子ー』って。松たか子さんなんですよ。いや、どういうこと⁉ってなって、学校中えらい騒ぎで、それで僕の弟が、いや、流石芸人の弟ですよね、階段の軋みとタイミング合わせて大喜利のお題を出すようになったんですよね。『全国民に聞いた、塩おにぎりをおいしそうに食べてくれそうな有名人、第二位は？』『松たか子ー』『有刺鉄線の対義語は?』『松たか子ー』いや、なかなか尖ってますよね。それで弟を中心にその学校で大喜利が流行って、もう、とっかえひっかえ子どもらが階段の軋みに大喜利を聴かせてるんですよ。そんなある日ですよ、階段の軋みがね、『そりゃ私だって、私だってピーナッツバターサンドよりベーコンレタスサンド食べたいですよっ、ベーコンレタスサンド。ベーコンレタスサンドッ』って言ったんですよね。みんなぽかーんってなって。一瞬間が空いて、『うわこの階段、松たか子のドラマの台詞言ったでー』って、これまた大騒ぎになったんです。でもね、そんな台詞、松たか子さん、一回も言ったことないんですよ」


漫談の余韻のあとにCMに入る時の安西のドヤ顔ったらなかった。こいつ……やってんな、と思いながら犬彦は涙を流した。

俺も、ネタがやりてえ。漫談してえよ。

犬彦はテレビを消し、録音アプリを起動して思いつくままにネタを喋りはじめたのだった。

「あの俺、休止中ずーっと散歩してたんですよね。とにかく体を疲れさせないと余計なこと考えないようにダメで、歩いてたんですけど、そしたらね、なんていうかな、ぼーっと歩いてるとその街だったり暮らしてる人の生活、日常がスッと入ってくるんですよね。その日は学生街歩いてたんですよ。学生さんの街。ちょっと回復してきたんで、こう、賑やかな雰囲気に触れたいなと思って。そしたら、あの俺、三一歳なんですよ、まあ、言ってもまだ学生さんに感性近い方かなって思ってたんですけど、いや、最近の学生さんって、え、知ってました？　みんなおでこにこう、栄養ドリンクの瓶くっつけてるんですよ。いやほんとに。それでこう、いたってクールに歩いてる。オシャレ意識どぎついな、とか思いながら俺も歩いてたんですよ。そしたら、向かいからひとりのラッパー風の男子学生が歩いてきて、その人もおでこに栄養ドリンク。それで俺の隣にいた森ガール、いや、ほんとなんですって、森ガールがいて、もちろん栄養ドリンクはっつけてますよね、で、ラッパーが森ガールの前で立ち止まって、『ハウアーユー』って聞いたんですね。あれ外国の人なのかなあ、元々知り合いだったのかな、とか思ってたら、一瞬間をおいて森ガールが、『セカンド！　スタンバイ！』って叫んだんですよ。それからふたりで一斉に、『ゴ——、シュート！』って言って、お互い胸ぐら掴んで思いっきし頭突きかましあったんですよ。もう、ものすごい勢いでおでこの栄養ドリンク同士をぶつけあって。栄養ドリンクの瓶って、割れる時、パリーンじゃなくて、ズププププなんですね。沈み込むみたいな音を立てて割れるんです。それでズププププの音といっしょに栄養ドリンクの瓶が割れたのはラッパーの方でした。いやなんだこれ、って思ってたら、周りにいた学生さんたちがゆっくり、スタンディングオベーション、まあ外だから立ってるんですけど、スタンディングオベーションのスピード感で拍手はじめて、森ガールは『うおー。見たか藤代〰〰』って両手上げてて、藤代が誰か知らないですけど、因縁の相手かなにかなのかな、そういうなにかしらの競技の大会だったのかなとか考えてると、拍手が揃いはじめて、『おまえだ』『おまえだ』ってコールがはじまってるんですよ。『おまえだ』『おまえだ』『おまえだ』『おまえだ』って、俺が指さされてて、いやこわいこわい、って頭ぶんぶん振ってたら、さっきのラッパーがおでこに付けてた栄養ドリンクの破片、それがしゅわしゅわしゅわしゅわしゅわーって、巻き戻しみたいにもとに戻って、もとのかたちにまで戻ったら、ピターン、って俺のおでこにくっついたんです。次のチャレンジャー、俺だったんですよ……。ハハッ、それでまあ、今ここに俺が立ってるっていうことは、どういうことかわかりますよね。俺が次のチャンピオンになりました。表彰式には銅さんまで来てくれて。銅さん。あの、金さん銀さんの相方の銅さん。ご長寿の。トリオだったんですね。銅さんだけ血が繋がってなくて、元々は金さん銀さんのものまね芸人してたっていう。俺もその時はじめて知ったんですけどね。この日のために蘇ってくれたらしいです。でもね俺優勝したせいでこう、カッカカッカと、昂ぶる気持ちを止められなくて、ついこう銅さんにも、ドンッ！　ってやっちゃいました。そしたら、『なぁぁぁにしとんじゃこらあああ』って本気で怒られて、おしっこ漏らすかと思ったんですけど、よく見てみると銅さんのおでこパッカーンって開いて、いやいや怪我とかじゃなくて、なんかこう、観音扉でも開くみたいに神々しく、光が溢れて。それで一瞬のあと、俺、気がついたらここにいました。あの、ちょっと聞きたいんですけど、ていうことはここは、銅さんの、ひとりのおばあちゃんの頭の中ですよね？　合ってますよね？　ですよね？　だったら、みなさんは、お客さんは、誰なんですか？

……ふぅ。うーん。このネタ、どうだ？　ちょっと終わり方こわいか。そんな気はする。客層によって変える感じにするか？」

ねむぴよとのコンビ名は「アヤちゃんと犬彦。」になった。ねむぴよがボケで犬彦がツッコミ。ふたりとも養成所時代を含めこれまで誰かと組んだことはなかったので、まずは漫才の勘を摑もうとできるだけオーソドックスなネタを書いてライブにかけてみた。「箱からつまんだ時にティッシュがきれいに出ると気持ちいいから、ちょっとティッシュの練習してみていい？」からはじまるネタは、書いてきたねむぴよからするとスタンダードらしかった。練習はお互いの出番や収録の合間を縫ってすればいいとして、ネタにそれぞれのキャラを盛り込むかどうか、など懸念点があった。それだと三回戦くらいまではいけそうだけれどそのあとが厳しいのでは、第一犬彦はキャラが薄い、ということになり、あくまで漫才らしいものをしよう、ということになった。Ｎ－１のエントリーは八月末が締め切り、予選は十月からだったので、〝ティッシュの練習〟の他に、〝木魚の行間〟という二本のネタをぎりぎりまでライブにかけた。

並行して犬彦はピンネタに磨きをかけようと意識した。まだ復帰後間もないということもあり、仕事は劇場や営業をメインに調節してもらった。デビュー以来長いこと続けてきた〈頭の中のおばあちゃんシリーズ〉だったり、新しくはじめた〈休止中の出来事〉シリーズ。あまり得意ではないフリップネタや歌ネタなんかにも手を出した。とにかくネタ数をこなし、自分になにが足りないのか見極めようとした。これは、安西が灯してくれた熱だった。

ピンネタとコンビネタをかけ続ける日々でわかったのは、大きい声と派手な動きを合わせるとわかりやすくウケる、というシンプルな事実だった。今まで、ただ頭の中のアイデアをかたちにできたらそれで満足、といった感じに天然でお笑いをやってきてしまっていた犬彦にとってはこれは発見で、かつてのルームハウスメイトたちとのグループＬＩＮＥに「ひょっとして大声と派手な動きがあるとお客さん笑いやすい?」と書き込むと、Ｊ・Ｊ・エイブラムス亭カニ公園の解散を機に実家のある離島に帰って美容師をする傍ら、数年前から観光協会の副会長を務めているマックスおはぎが、「え? 今?」と返信してきた。「それお笑いを志してる時に気づくやつ」「でもまあ、今さらなのは犬彦らしいよな」。その流れで通話をすることになったのだが、マックスおはぎは、犬彦が最近ネタに力を入れていることを聞いてよろこんだ。

「そうかあ。犬彦は、おもしろくないところがおもしろいみたいな部分あったけどさ、向き合ってんだな。芸人してんだな」

マックスおはぎはなぜか今にも涙ぐみそうで、やっぱり犬彦は、褒められてるのか貶されてるのかわからず苦笑いした。

とりあえず、ピンネタのサビ部分というか、盛り上がる箇所に派手な動きと大声を合わせ、そこに向けて緩急を拵えるようになった。そうするとウケた。笑われてるんじゃなくて笑わせてるんだ、という実感があった。ネタ運びや話芸の流れが自然に出てくるよう、一種のフォーマットとして体に染みつくよう、半年ほど似た構成の漫談をかけ続けた。幅広い層に届いたらいいと思い、ネタに決め台詞を持たせたりもしてみた。そうしている内に、平均点の高い笑いを生むことができたが、同時に、なんだか飽きてきた。自分の笑いが、目の前の客層に向けた収まりのいいものになってしまっている気がしたのだ。

飽きたくなくて、いろいろなネタをかけた。これまでは普段着に近い衣装ばかりだったが、はじめてカツラを用意し、メイクもしておばちゃんの格好になり、喫茶店で聞いたことがあるような会話をネタにした。「あんたんとこのお嫁さん、角砂糖をえらい選り好みすんねんな。変わってるわ」という話を延々繰り返す関西弁のネタで、イントネーションなどは安西煮転がしに教えてもらった。そのネタの録画映像を見た安西が、全然できてへんから、とＬＩＮＥに漫談フル尺のボイスメッセージを残してくれた。犬彦はそれを何度も聞いて練習した。すると息遣いまでうつってしまった。

季節はとっくに冬になり、「アヤちゃんと犬彦。」のＮ－１の結果は準々決勝敗退という結果に終わった。犬彦としては、ピンで出たのを含め、賞レースではいちばんいい結果だった。年明けからすぐにＰ－１グランプリの予選がはじまり、犬彦は芸歴八年目になった。

ところで、「アヤちゃんと犬彦。」はそこそこ人気になり、テレビではコンビで呼ばれることも増えた。相方がいると笑いの流れに対しての身の置き所がかなり楽に感じられた。コンビの時は、犬彦は思い切って演じるぞ、という心持ちでバカキャラになったりもしてみた。それは実際、犬彦が休止前まで素でできていた芸風ではあるのだが、今では計算なのだと見抜いた町田さかなからは「ちょっと寂しい気もするけどな」などと言われたりもした。かと思うと、同期の芸人たちやスニーカー&ハイスニーカーの羅生《らしょう》なんかからは「顔つきがよくなった」などと言われるのだった。「芸人としての芯ができてきたんかもな」と。

本人としては、ただ始終ウケのことを考え、お笑いを一所懸命やっていただけである。休止を経験した分、なにかに集中して打ち込むことができる、というだけで楽しい日々だった。ネタの技量は増したけれど、その分ちょこちょこと伸び悩み、その都度新しいスタイルを試してみた。休止中から温めていた、無機物をなんでも相方のようにしてピン芸をしてみる、というアイデアもかたちにしてみた。それはこんなネタだった。

「高崎犬彦と言います。誰しも心の中に天使と悪魔を飼ってるって言うじゃないですか。たとえば道に落ちてるお金を拾う時に心の中の天使は交番に届けようよって勧めてきて、悪魔だったらネコババしちまえよって誘惑してくる。それと似たような感じで、俺の頭の中には、おばあちゃんが住み着いてるんですよね。事ある毎におばあちゃんが話しかけてきて、俺のピンチを解決してくれるんです。たとえばですね、『犬彦ーっ、後ろから車がきてるぞーっ、端に寄れーっ！』とか。うん、そういう口調なんですよおばあちゃん。今日はね、おばあちゃんがどんな風に俺をいつも助けてくれるのか、みなさんよかったら聞いて帰ってください。まずひとつ目、俺がなんの気なしに道を歩いてる時でした。前からいかにもヤクザ風の男が近づいてきたんですよ。うわー、怖いなー、って思ったんですけど、もう目が合ってしまってるんで、今さら道を変えるわけにもいかない。そんな時に頭の中のおばあちゃんが言ってくれたひと言が、こちら。

『犬彦ーっ、突然ブリッジしろーっ！』」犬彦はその場でブリッジをする。その体勢で、ふーふーと息を整えたあと、「え。あれ？　なにこれ」と、周りをモノに囲まれていることに気づく。右隣にはハリセン。右後ろには人体模型、左斜め前には点滴台、といった具合に、その場にはたくさんのモノがある。犬彦はブリッジをやめ、しげしげと周囲のモノを確認する。左後ろにある作りもののお月さまと、足元の電話、ラジカセ、女性もののカツラを手に取り、「ふんふんふんふふーん♪」とメロディを口ずさみ、歌いはじめる。「マリコのへーやへー、電話をかーけてー……あーくぅーじょーになーるなら月夜はおよしよすなおになりすぎいっる〜」こんな風に犬彦が中島みゆきの「悪女」を歌っていると、〈じゃあー、次はそこの人間で〉と、とある芸人らしき男の声が流れる。「ああ、違った。これだけモノがあるから自分がモノボケする立場だと思ってたら、ボケられる側だった。俺もモノだった。モノとしてボケに使われる側だった。それでね、ヤクザは急にブリッジした俺を気色悪がって素通りしていきました」〈じゃあー、僕もモノボケで。使うのは人間で。……よいしょっと。あー、これ？　うん。そう。これからもとに戻すところ。あれ？　知らんかったんや。二宮金次郎像って時々こうやって逃げ出すから、連れ戻すのもウチらの業務のひとつ。覚えときぃや〉と、とある芸人の言う通りに犬彦は、逃げ出したがもとに戻すために誰かに背負われている二宮金次郎像のマイムをする。「他にも、おばあちゃんは俺を救ってくれました。俺が風邪をひいた時でした。『犬彦ーっ、風邪ひいたら首にネギを巻けーっ』って。まさかのおばあちゃんの知恵袋的解決。こういうこともね、おばあちゃんはできるんですよ。でも俺、今まさに困ってましてね。みなさん、俺がなにに困ってるかわかりますか？

もちろん、この状況ですよ」〈えー私もモノボケするんですかー？　今日番宣で来てるのにー。えーどうしようどうしよう。はわわ〜。緊張するー。えーっと、じゃあ、じゃあ、せっかくだし私も人間を使ってーえーっと、それから、この旗と、牛乳使って……〉番宣でやってきている女性タレントはまごついているらしい。と、おばあちゃんの声が会場に響く。「犬彦ーっ、歌えーっ！」おばあちゃんのアドバイス通りに犬彦は歌いはじめる。「白あげてーっ、あげませんーっ♪」〈えっ、えっ、えっ。まさか、「ミニモニ。ジャンケンぴょん！」〜⁇〉犬彦と女性タレントはいっしょ

※「ミニモニ。ジャンケンぴょん！」作詞・作曲つんく

に「ミニモニ。ジャンケンぴょん！」を歌い、本意気で踊り出す。サビ途中で犬彦はお客さんひとりひとりの顔を見るように正面を向き、「今日も、おばあちゃんのおかげで乗り切れました」下手なウインクをし、舞台は暗転する。

「モノボケ」というタイトルのネタで、犬彦としては難しいことにチャレンジしたつもりで、ウケるかスベるかどっちかのネタだな、と危惧していたのだが、思っていたよりも客の反応は軽く、「猟奇的」だとか「サイコパス」だとか言われ、いい感じに茶化してもらえた。P－1の予選にもこのネタをかけてみた。

普段のスタイルの漫談ではなくコント仕立てにしたこともあってか、こちらは準々決勝までいくことができたのだが、そこから先は壁があるようだった。

安西煮転がしはというと、賞レースというものにスタイルを寄せるわけでもなく普段の漫談で決勝まで勝ち上がった。犬彦はシンプルにかっこいいなと思った。そう思ったということと、決勝は惜しかったな、と放送後にLINEを送ってみると、「僕は僕で、テレビによく出てるっていうキャラやからな」と返ってきた。その言葉は、理解はできるが犬彦にはまだ実感のないものだった。

犬彦はストイックになっていた。休止前と比べると、それこそ人が変わったようになっていて、「とりあえずなにか実績が欲しい」と口癖のように言うのだった。相変わらず平場でイジられてはいるが、天然の愛嬌のようなものが露出する機会は徐々に少なくなり、そのことでアンチになってしまう古参ファンなどもいた。

ローカル放送の賞レースに出演したのは七月のことだった。ピン・漫才・コントなどジャンルは問わず、計一二組の中から各ブロックを突破した三組が決勝ステージに進出できる。

犬彦はそこで、奇をてらった「モノボケ」ではなく、新作の漫談をかけてみた。俺もシンプルにかっこよくなりたい。そう思ったのだ。

「家のすぐ近くに家族経営の牛丼屋があって、おもしろいからよくいってるんです。中年の夫婦と大学院生の息子とたまにヘルプで入るぎりぎり十代かなってくらいの娘が働いてて。普通に家族喧嘩とかしてるんですよね。それもけっこうハードめの。牛丼屋の壁の絵の、黒船の代わりに牛丼屋がきたぞーって感じのやつに、どっから持ってきたのかテレビのリモコン投げつけたりして。店舗は一階なんで、二階から上に住んでるんですかね。お客さんも家族喧嘩を見ながら牛丼食べたりして。照明が明るくて隅々まできれいで快適な店なんですよ。だから喧嘩の声もエグくないっていうか。いい感じのエンタメになってるんですよね。この前いった時は、母親が息子に『あんたまたそれ拾ってきて。ダメだってこの前言ったでしょ。返してきなさい』って言ってたんですよね。息子は、普段は帽子に入れ込んで隠してますけど前髪がかなり重ためでなかなかナイーブそうな青年で、だから俺、もしかしたら犬か猫でも拾ってきたのかなって思いながら、カウンター席から厨房の方覗き込んだんですよ。そしたら息子の手にはガチャガチャのカプセルがあって、息子は無言で俯いて憤りながらカプセルを開けたんですよね。中に入ってたのは『ザ』でした。カタカナの『ザ』。ガチャガチャってめちゃくちゃバリエーションあるじゃないですか。だからそういう、文字をキーホルダーにしてる、みたいなシリーズかなって、そんなことを思ってるうちに息子が俺の注文した並盛を持ってきてくれました。『お待たせしましたー』って。そのあとに息子が言うんです。『あの、よくきてますよね』『え？　はい』『かなり頻繁にこの店、きてて、うちが家族経営で喧嘩したり家のことここでべらべら話したりするのかなり楽しんでますよね』『え？　まあ。はあ。はい。そう、ですね』『頼み、聞いてくれますか？』『頼み？』『これなんですけど』息子が見せてきたのはあの『ザ』でした。『お客さん、この人たちのことなんて呼びます？』息子が突然スマホを取り出してSpotifyの画面を見せてきます。

それからビートルズのプレイリストをタップしました。『え？　ビートルズだよね。ていうかきみ、セイキンのソロ曲ばかり聴いてるんだね』青年は舌打ちしました。『じゃあこれは？』『え？　ローリングストーンズだよね』それから、ブルーハーツ、イエローモンキーと続きます。青年は大きくため息を吐くところ叫びました。『ザは？　ザ・ビートルズだろ！　ザ・ローリングストーンズだろうが！　あんたがそんなんで、どうするんだ！』『ええ？　いやまあ、うん。そうだね』『ザが泣いてるよお！』と言って、青年自身も泣きはじめました。俺はちょっと、どうしたらいいかわからなくて並盛をかきこみました。……これこれ、この味。やっぱり、汁は少ない方がいいよなあ。これくらいの方が、米の味が引き立つんだから。こういうのでいいんだよ。こういうので……。俺が丼を空にすると、青年はお盆を引き下げ、代わりにさっきのカプセルの『ザ』をカウンターに置きました。『これは「ザ」です。バンド名や番組名、その他いろいろな名称から省略されてしまった哀れな「ザ」です。省かれた数だけ、この世には路頭に迷った「ザ」がいるんです。お兄さん、僕といっしょに、「ザ」を助けてやりませんか。「ザ」の権利を回復してやりましょうよ！　ねえ⁉』どうしようか、別に『ザ』に義理なんてないけど、エピソードトークにできるかもしれないよな、なんて考えてると、青年は俺の手を取って持ち上げました。『ザ・ザースの結成だあ！』こうして俺は、空き時間に『ザ・ザース』の活動をすることになりました。『ザをつけましょう』と駅前で演説したりね。かなり変な目で見られましたけど、実際にどうかしてるのは我々なんで、そんなに恥ずかしくもなかったです。都内の各駅前で演説をしたんですけど、毎回必ず、がんばってね、と声をかけてくれる女性がいました。サングラスにマスクをして、帽子を被っていたんですけど、俺には誰だかわかりました。牛丼屋の母親です。息子もわかっていました。ありがとう、ありがとう、と何度も言って、来週誕生日ですよね、いいことがありますように、なんてその女性に言うんですから。こういうかたちでしかお互いの真心を伝えることができない。でもよかった。それだけでもう、ザ・ザースを結成した意味があったじゃないか。俺はそんな風に思いながら活動に参加してたんですけど、ある時俺が店で牛丼を食べていると、青年がひどく照れくさそうに、『あの、えへへ。ザ・ザースですけど、もう、大丈夫です。僕はたぶん、やり場のない気持ちをどこかにぶつけたかっただけだったんだ。ふふ。えへへ』と言ってきて、その隣にスーッと妹がやってきて、『お兄ちゃん、彼女ができたんだもんね』厨房から父が、『なにぃ！　父さん聞いてないぞ！』俺はすかさず、『それ娘にやるやつ！』とツッコんで、並盛を運んできた母親がぽろっと涙を流しました。最高だ。最高の牛丼屋だ。そう思っていると青年が、『あ、そうそう。これは他の全てのザを取り戻した後に、いちばん最後にやろうと思ってたんですけど』と俺にザを渡しました。『え？

俺のこと知ってたの？』『もちろん。これからもがんばってくださいね』そうなんですよ。みなさん、知ってました？俺実は、『高崎犬彦』じゃなくて、『ザ・高崎犬彦』なんすよね」

ネタ直後に司会者の隣で得点発表を待っているあいだ、「えー、その限りにおいて」と審査員である川島エリカのモノマネをしたりした。

「今のは得点に考慮しないでくださいねー」

と司会で木兎《みみずく》の田島がしゃがれ声で言った。

得点は思っていたよりも伸びたが、決勝ステージにはいけなそうだった。

審査コメントとして川島エリカは、

「えー。さっきのモノマネで五点減らしました。うそうそ。うそやで。あのー、ほんと細かくてごめんなんやけど、ネタの最中にな、手をぶらぶらさせてたやんか。それ、なに？　気持ち悪いかもしれへんよね。そういうちょっとした動作がお客さんの集中を削ってて、もったいないです。それからやっぱり賞レースなので、時間の使い方というのはどうしてもシビアに見てしまうよね。今ちょっとコンパクトじゃないですか。まあこれが単独ライブやったら全然ありやねんけど、賞レースという文脈でこっちも見させてもらってるから、えー、やっぱりもっと展開がほしいよね。あとひとつふたつ、山があって、そうくるかあ、というワクワク感がほしい。牛丼屋の従業員が全員家族っていうのは、なるほどというか、新しい着眼点だと思ったんですけど、そうだった分、『ザ』とかにいかなくても、別の設定を被せなくてもいいかなとは思いました。牛丼屋の家族の人間関係だけでもっとできるんじゃないかな。それか、牛丼屋の設定を忘れてしまうくらい、

『ザ』だけでおもしろい話にするか。駅前での活動のところは、あとひとつふたつエピソードがあってもいいと思う。あと、オチね。オチ。なるほど～とはならんかった。きみの名前に『ザ』が付いてて、だからなに？　と。別にきれいでもないし。ごめんな？　まあ、漫談って難しいよね。ボケばっかりだとお客さんのノリどころというか、お客さんが自分自身の呼吸で聞いてもおもしろいというのが、話芸の理想だと思うんですけど、かと言って、話に入りやすいようなやわらかい部分ばっかりだとやっぱり笑いとしては退屈になってしまいがち。ところどころ光る部分もあったけれども、おもしろさっていうのは結局は好き嫌いみたいなところもあるからさ、構成が美しいかっていう、みんなで共有できるところに重きを置かせてもらって、ちょっと厳しめに点を入れさせてもらいました。まだもっときみが駆け出しのぺーぺーの頃にネタを見させてもらったことがあるんですけど、その頃に比べて技術は上がってるしお客さんのことも意識できてると思います。昔は頭の中垂れ流しみたいな感じやったけど。自分だけの笑いではなくなってきたのかなあ？　と、思ったりもしました！　むしろそのせいでかえってちょっと気になってしまったんですけど。高崎くん、きみは、きみ自身の人間味かきみのネタ、どっちの方を押し出していきたいんかな。酷なこと言うてるかもやけど、うーん、やっぱり、ネタと演じてる人間がまだマッチしてへんのよなあ」

ほんとに酷だなあ、と犬彦は何日も川島エリカから言われたことを引きずった。

町田さかなにご飯に連れていってもらった際には、「どうしたらいいんですかね」と人生相談のようになった。ちなみにここ最近の町田は、『〇〇の人たち』ADの葉山と町田のマネージャーの西沢によるアイドルユニットをプロデュースして大コケしたのだった。町田はムキになって、プロデュース業にやたらめったらと手を出しはじめていた。

「したいようにしたらええんちゃう？」と町田さかなはタブレットを高速でタップしながら言った。「川島エリカはわりとイジワルなとこあるからなあ。犬彦がこっちの道にいったらそっちの方がええんちゃうん、そっちの道にいったらこっちの方がええんちゃうん、とか言い出すと思うで。まあ、おまえのことを思って言うてくれてるとは思うけども、他人の意見なんてそんなもんやで。どっちいっても物足りひんかもしれんけどさあ、それが人生やんか」

「はあ、人生っすか」

「自分今八年目やっけ。いっちゃん伸び盛りやん。好きにやったらええねんって」

スマホが震えたので見てみると、ねむぴよアヤちゃんから着信が入っていたので、町田の了承を取ってその場で電話に出た。

「うちと犬彦くんと安西煮転がしでスリーマンライブせえへん？　できたら全国ツアー」

「やる」

と犬彦は即座に答えた。

「……怪我とかじゃなくて、観音扉でも開くみたいにものすごい神々しい光が溢れたんです。それで一瞬のあと、俺、気がついたら芸人としてここにいたんですよ」

高崎犬彦が深くお辞儀をすると舞台は暗転し、拍手が起こった。

しばらくすると、音楽と共に犬彦、安西煮転がし、ねむぴよアヤちゃんが現れた。安西がこの日のスリーマンライブの進行役で、「どーもー」と言う。

「いやー、ありがとうございます」

「ネタ四本ずつ見てもらいましたー。残り三十分は僕らの自由時間なんですけど、この三人でわちゃわちゃトークしたりゲームコーナーしたりも違うと思うんですよね」

「そうだそうだー！」

「なんのストライキやねん。ええっと？　今日はねむぴよがこのコーナー考えてきたんやっけ」

「はい！　そうなんです！　わざわざピン芸人のユニットライブくる人なんてキ

ツめのお笑いオタクしかおらんやんか。だからたまにはこういうのもいいかなって思って」

「キツめは失礼やろ」

「うわー、なんか、テレビ出てる人の場のこなし方って感じ」

「なんやそれ。ほんで、おまえはなんか喋れ」

安西が犬彦の頭を軽くはたくと、笑い声に安西の顔ファンの人たちからの黄色い声援が交じった。安西がそうとはっきりわかるような苦笑いを浮かべる中、犬彦はツッコミを誘うように「それで今日はなにをするんだあ?」と棒読みで言う。

「はい無視無視。んでねむぴよ、今日はなにするんよ」

「ちょっとうちら三人ガチで語り合いたいなと。じゃあ、お願いしまーす!」

ねむぴよが手を挙げて合図すると照明が落とされ、スクリーンには焚き火の映像が映し出された。三人はあぐらを掻いて座り、じゃんけんをはじめた。……ショッ、ショッ、ショッ。

グーで勝った犬彦が先陣を切った。

「ピン芸人、高崎犬彦と言います。芸歴八年目です。やっぱ、大きな転換点は二年目の時に出た『〇〇の人たち』っていう――」

「なんでおまえ、芸人人生のあらすじ語り出すん」

「つい癖で」

「犬彦くんそういうとこあるよな」

「あの、ガチで語るってどういう感じ？　ねむぴよはなんかあるわけ？」

「いやまあ、今日のライブどうやったかなって。あ、拍手ありがとうございます！　素敵なお客さんばっかり！　全国ツアーのスリーマンライブ、うちはここまでかなり楽しいねんな。そういうの、ふたりはどうかなって。こういう場でもないと聞くん恥ずいやん。で、どうなん？　煮転がしは」

「まあ、新ネタ試せてるし」

「あんたは淡白っていうかなんていうか、ネタ至上主義みたいなところあるよな」

「ネタを突き詰めてなんぼやん。僕、あんまり器用な芸人ちゃうし」

「前から思ってたんだけどおまえさあ」と犬彦。「レギュラーで出てるあのワイドショーさ、ワイプの時の顔ひどいよな」

「情報番組のロケやんけ。なんもおもろないやん」

「あーあ。怒られるわ。煮転がしは犬彦くんがおらな輝かんもんな」

「は?」

「『犬彦みたいなイジり甲斐があるやつがおらな、僕は平場のコミュニケーション全然あかんねん』」

「人の心の声勝手に代弁すんな。心の声でもないし」

「当たり前だけどさ、安西にも人生があるんだよな。ねむぴよにもある。俺にもある。お客さんにもある」

「なんで急にしっぽりするん」

「犬彦くんは突然悟り出すよな」

「でもさあー、八年目じゃん。ピン芸人じゃん。俺とねむぴよは一応コンビ組んだりしてるけど、本業はピンじゃん。Ｐ－１の芸歴制限とかまたできるかもしれないじゃん。そもそも大会自体いつかなくなるかも。その時に自分的には折り合いついててもさ、目立つ賞レースにもう出ないわけだろ？　ファンの人と目標の共有とかしにくくなる」

「おまえそんなこと考えてんの」

「考えるだろ」

「犬彦くんがそういうこと言うの、ノイズじゃない？」

「ガツガツし出したらアンチ増えたけど」

「うわー」

「ええやんけ。もっとガツガツしていけよ」

「安西は、いつかなんか……とんでもない炎上とかしそう」

「そうなったらその時」

「ヤバ」

「ねむぴよはさあ、こう、長い目で見て芸人としての目標とかある?」

「う——ん。うち正直なあ、いつまでやってるかわからへん。三十年後四十年後も芸人やってるかっていうと、あんまり想像できんのよね」

「じゃあどうなりたい」

「なにかしらのかたちで舞台に関わってたいとは思う。でもそのかたちが、自分がお笑いのネタをやることだけとも限らへんっていうか」

「いろいろ考えてんだな」

「犬彦くんは?」

「俺は……今はなんていうか、俺の笑いをどう作っていこうっていう。笑いに正解があったら楽だけど。まあ、正解がないところに向かって突き進むしかないよな」

「当たり前やろそんなん、芸人じゃなくてもみんなそうやろ」

「あれだよな、安西は、小学生に自分の笑いを真似されたいんだよな」

「それくらい僕の笑いが広まるってこと。つか、そんなことおまえに言ったことある？」

「六年前な。『○○の人たち』いっしょに出た時」

「なんでそんなん覚えてんねん」

「熱いなあ自分ら」

「あ？　えーと、もう時間やって。こんなん、お客さんに聞かせる話じゃなかったな。じゃあ、今日はどうも、ありがとうございました。この三人での全国ツアーまだまだ続きます。あと半分の日程も良かったら。当日券出ると思うんで。物販も、買ってくれると僕らが潤います。あざした」

ツアーは終盤にさしかかった。九月の福岡だった。

三人ともライブ前日がオフだったので前入りし、同行している構成作家との打ち合わせも兼ねて地元で有名な居酒屋に入った。YouTube用にねむぴよがスマホのカメラを回していると、漁港で卸売をしているというおじさんに話しかけられた。あんたらテレビで見たことあるよ、と安西とねむぴよに言うのだった。犬彦は、「俺のことはわかります？」と名前を伝えたが、おじさんはピンとこず、最近じゃあ高級魚はもうほとんど外国に出てしまう、という話をはじめた。

カウンターで飲んでいたおじさんはどうしてか席に加わり、犬彦相手に、あんたも芸人さん？　売れなかったらどうするの？　と聞いてきた。犬彦は苦笑いしながら、「これでもちょっとは売れてるんですけど」と、自分で言っていて、危機感ばかりが募った。

「ちょっとではダメですよね。もっと売れないと」

するとおじさんは「そうだよ！　その意気だよ。オレ、あんたのファン一号な！」と犬彦の背中を叩いた。

ぐっ、げっごごご。ぐごほぐごほっ！　犬彦は盛大に咽せ、その拍子に、口からお通しのホタルイカがつるんと丸ごと飛び出して照明の下を泳いだ。その様子がスローモーションで目に焼きついていく。犬彦は、このことをどうエピソードトークにしようか脳みそを回転させながらも、すっきりした思いだった。ファンはそれなりにいるけど、ファン一号なんて言われて、なんだか胸の奥の方がキラキラと輝いた。

これから俺は、もっといける。このスリーマンライブで俺はもっと変わっていく。スローモーションの中で、圧縮された確信のようなものが犬彦に突き刺さる。と、ホタルイカが安西の額にくっついて、鼻のあたりまでぬめぬめとずり下がった。わっと爆笑が起きる中、安西は「なにわろてんねん！」と犬彦だけにつっかかる。ねむぴよはその様子をカメラに収めながら、平和やなあ、とつぶやいた。

居酒屋を出たのは日付が変わってからだった。ホテルの手配は作家さんがしてくれていた。三人それぞれ別の階だったが、もう少し飲みたかったので犬彦の部屋に集まることにした。さきほどのホタルイカの件はばっちりカメラが捉えていて、何度も再生してはゲラゲラ笑った。三人とも酔っていた。ねむぴよがこの動画をアップしていいかと聞く度に安西と犬彦がせーので赤べこみたいにぐだぐだと首を横に振り、それだけのことで三人大笑いする。犬彦はおかしくてたまらなかった。ハハハハハ。ハハハハッ！　いつかは恐怖さえ感じた笑い声が、今はあたたかくて気持ちいい。

いつの間にか眠ってしまい、目が覚めるとカーテンの隙間から光が頬にさしていた。安西とねむぴよはもういない。食べかけのスナック菓子とビール缶がベッドの上に転がっていた。

「昨日はほんとに楽しかったな」

ほんとに楽しかったから、ほかの人に話したくないな、と思った。

眠たい目を擦りながらホテルに隣接する喫茶店に入り、窓の外をぼーっと眺めていると、「おっ、ちょうどええとこに」とねむぴよが店に入ってきて、隣の席に腰掛ける。

「俺さあ、修学旅行とかそんなに楽しめなかったからさあ、今、楽しいんよ」

犬彦が感慨を漏らすと、

「え？　なんか言った？」

とねむぴよから動画が送られてくる。

「なんだこれ？」

安西煮転がしの寝相だったり、寝起きの様子だった。

「煮転がしのファンの人にウケると思うねんな。でも女のうちがアップしたら炎上するやんか。だから犬彦くんのアカウントでアップしてくれへん？」

「なにそれ。あいつ、こういうのほんとに嫌がると思うけどな」

「このツアー中は、うちら誰かの人気は三人の人気やんか」

「そうかあ？」

と言いながら犬彦は、でも安西も昨日めちゃくちゃ楽しそうだったし大丈夫か、とSNSに安西がすやすやと眠る様子をアップした。

瞬く間に反響があった。安西の顔立ちにワーキャーと騒いでいる層もいれば、これを犬彦がアップしているということに興奮している層もいた。え？　この人誰？　めっちゃビジュ良い……、とどうやら安西のことを知らなかった人たちまで数多く巻き込んでいるようで、その効果か、スリーマンライブの残りの日程は数時間のうちに完売になった。


その日のライブに、安西は少し遅れて楽屋入りした。

「聞いたか？　次もその次もぜんぶ完売だって」

安西はへらへら言う犬彦の肩をどついた。

「いった！」

と声を上げたのは安西の方だった。殴った拍子に右手が変に捩れたようで、しばらく手をぶらぶらとさせたあと、

「あれなんやねん！」

「なにがだよっ」

「昔っからずっと言ってきてたやろうが。ネタ以外の評価とか人気とかぜんぶ邪魔やねん。おまえはそういうの、わかってくれてると思ってた。でも、おまえがそういうことしたら台無しやんけ。もう台無しや」

「ごめん、あれ撮ったのうち。アップしてくれって犬彦くんに頼んだ」

「せやったら、僕の前から消えてくれ」

安西は手を脱臼してしまっていた。その日の二本目のネタの最中、勢いよくサンパチマイクを摑んだ時に激しい痛みに襲われたようで、安西はトークコーナーには出ずに病院に向かった。犬彦は内心でホッとしていた。ねむぴよとふたりだけなら、まだ、気まずくなかった。

三か月に及んだスリーマンライブは一一月に全日程が終了し、安西煮転がしのラジオ番組が過激になっていったのはその頃からだった。

「今夜もはじまりました。『安西煮転がしのサタデーナイトニッポンラジオ』土曜日の夜、みなさまいかがお過ごしでしょうか。パーソナリティの安西煮転がしです。この番組では、日常のちょっと笑えるひとコマから、それってまるで僕の漫談の中のできごとやんかー、みたいなとんでもない話まで、なんでも広く募集しています。

いやー、前回ね、反響すごかったね。先週聴けなかったよーって人のために言うと、あのー、僕のラジオってお便りが体感七割くらい女性のファンからやねんな。ラジオにしてはけっこうめずらしいと思うねんけど、まあそれは別にええねんけど、内容もそのー、ネタとかな、そういうことじゃなくて、言うたらなんていうか、それって芸人じゃなくて男性アイドルに送っといたらええんちゃうん？みたいなやつばっかりやねん。それであのー、僕そういうのNGってず——っと言ってきたやん。言ってきたねん。それやのに止める気配もなく、過激になっていく一方のファンの人にちょっと、苦言を呈させてもらいました。流石にラジオネームとかSNSとか名指しで批判したのは悪かったわ。あのー、スタッフからもけっこう怒られたし。その点については僕も反省してるけど、きみらも反省してな、って、こういうこと言うたら、また別のヤバい人らが寄ってくるよな。

この一週間ね、いろんなお便りもらいました。僕の言うこと真摯に受け止めてくれてるファンの人もおれば、逆ギレして、もう二度と聴きません、みたいな人もいました。まあそれは勝手にしてくれればええけども。今回なあ、お便りの量がいつもの三倍でさ。それで男ばーっかり。なんていうの、まだそういう人らばっかりなんやーっていうかさ。俺の先週のさあ、顔ばっかり見るなっていう発言にさあ、『よく言ってくれた』とか。なんかさあ、僕は僕が困ってるって話をしただけやのにさあ、女性に対して一発かましてやった、みたいに勘違いしてる人多すぎひん？　もう、あかんでそんなん。時代やからとかそういうことじゃなくて。普通に考えてそれは差別やろっていうことをお笑いやと思って送ってきてる人多すぎる。別に僕は、あんたらのことなんも代弁してないねん。『この窮屈な時代によく言ってくれた』とか、マジでうるさいわ。

急に僕になんか期待し出した人らも、僕からしたら顔ファンの子らとなんも変わらんって。

みんな、僕の見た目とかキャラに期待してるだけやん。

なんやねんそれ。

本気でネタを見てくれてる人って、売れれば売れるほど少なくなっていくんか？

売れるほど芸人らしくなくなっていくんか？

せやったら、売れるってなに？　僕は、僕らは、なんのために芸人しとるん？

あはは。僕あかんな。

こんなこと言うたらまたえらい人から怒られるわ」

年が明けた。苦言を呈したにもかかわらず、イメージがひとり歩きするように
安西は、〝窮屈な時代〟に風穴を開けてくれる芸人として過激層から期待されて
いった。安西はそこに迎合するのをなんとかしようとラジオではお便りのコーナ

ーを停止し、代わりに芸人をゲストとして呼ぶようになった。

放送五十回記念のゲストはスニーカー&ハイスニーカーのふたりだった。

「このコーナーでは、ネタ作りと出番を着実に続けてる方をゲストに呼ばせてもらってて」

「オレらがあんまテレビ出てないってことだけどな」

「スニスニさんのネタって、言っちゃうと渋いじゃないですか。アイデア勝負なわけではないっていうか。思考の飛距離でバーンとインパクトを残す感じじゃなく、笑いの技術と手数で着実に勝負してる。そういうの、かっこいいじゃないですか」

「いいように言ってくれてるけど。うーん。だってなあ、おもしろいやつがどんどん出てくるから。だからオレらは、オレらにできることをやっていくしかなかったんよな」

「その積み重ねが今のスニスニさんの技術の高さでしょ。芸歴何年でしたっけ」

「二三年。よくもまあ、続けてきたよなあ」

「最初はどっちから誘いはったんです？」

「羅生の方から」

「え？　別所からだよ」

「そうだっけ」

「別所が養成所の喫煙所で『ツッコミ待ち』って書いたフリップぶら下げてたから
ツッコんだんだよ。そしたらいきなりコンビ組まないかって」

「ちなみに羅生さんは別所さんになんてツッコんだんですか？」

「覚えてないなあ」

「『フリップ燃えるぞ』っておまえ」

「それでコンビ組もうと？」

「即席だったんだよ。当時の相方が飛んじゃって、誰でもいいから最初にツッコ
んでくれたやつと組もうと思って」

「そうだったの?」

「まさか羅生さん、コンビ結成のきっかけここではじめて知ったんすか。うわなんかすいません。こんなとこで」

「いやいや。それは別にいいけどさ、そうだったのかあ」

「話戻るんですけど、僕たぶんもっと売れるんですよ」

「言うなあ」

「でも、売れてもネタを最優先にしたいんですね。じゃないと、自分が誰かわからんくなってまいそう」

「えっと?」

「たとえば売れてMCとかするようになっても、それって僕じゃなくていいっていうか。MCってどこまでいっても番組の歯車じゃないですか。でも僕のネタは僕じゃないとダメなわけで。だから、スニスニさんみたいにネタが洗練されてく芸人は僕的にはかなり希望っていうか」

「それはさあ、マジでさあ、売れてるやつの悩みだよ。売れてるからそんなこと言えるんだよ」

「そう、っすかね」

「売れなかったらどうしようって眠れなくなったことないだろ」

「それは……はい」

「未だにあるよ。オレなんて。もう二三年だぜ？　でも二三年間そうなんだから。それに比べたらさあ、煮転がしの悩みなんて贅沢もいいところだよ」

「でも、でもっすよ。僕ら芸人は、売れるために芸人やってるわけじゃないでしょ」

「じゃあなんのためだよ」

「そんなん、芸を、笑いを極めるために」

「うーん。そっちの方が少数派なんじゃないか？　やっぱみんな、まず売れたいし、有名になりたいだろ」

「え。そうなんすか？」

「あのさあちょっといい？」

「はい羅生さん」

「売れることと安西が言う芸を極めることとって、そもそも対立することとか？」

「えっと、僕が言いたいのは、売れたらネタを磨く時間もなくなるっていう」

「だからそれはめちゃくちゃ贅沢なんだって。オレらみたいな、劇場があるからやっていけてる立場になってみたら考え変わるって」

「さっきからその贅沢ってなんすか。僕は僕の理想を追ってるだけで、なんで下に合わせないといけないんすか」

「おい！」

「すいません。そういうつもりじゃ――」

「おまえ、オレらのこと見下してんのか」

「違いますって！　僕は、理想の良し悪しを言っただけで」

「なあ安西、理想に優劣つけたりするのはダメだよ。それは視野が狭すぎる。おまえはさ、もっと経験を積むといいよ」

「そうやって諭してくれる羅生さんは、やさしいっすよね」

「オレはムカついてるから」

「はい。すんません。僕の言い方がまずかったです」

「おまえは一回、売れてない状態を経験してみろ」

「でも、売れることが正義では、絶対ないじゃないですか」

「まだ続けんのかよ。じゃあ聞くけど、なにが芸人としての正義なわけ」

「……ウケるかどうかっていうのは、ひとつありますよね」

「芸が未熟でも？　スベリ芸みたいなものでも？」

「そいつに合ってればいい気がします」

「さっきまでの話と矛盾してないか？」

「そうっすかね。究極な話、ただのアホが最強なんちゃうかなと」

「だとしたら、こんなところで喋って、それなりに話を回したりするのは――」

「まあ、アホではないっすね。あれ？　僕って、アホになりたかったんかな」

犬彦は天井の染みを数えながらその放送を聴いた。他にも『安西煮転がしのサタデーナイトニッポンラジオ』に芸人ゲストが出る週はすべて録音し、何度も繰り返し再生した。どの回でも安西は、芸人はどうあるべきか、という問いを投げかけた。議論が白熱するほどに安西は生意気だと罵られたり、逆にそのストイックさをまぶしがられたりしたが、その正解が見つかったりはしなかった。この時期の犬彦は私生活が大変だったから、芸人談義を聴くと少し落ち着くことができた。

犬彦の恋人である美衣が、後輩芸人へイガイズの森本と浮気をしたのだった。

正確には、浮気の痕跡を発見した。美衣と森本がＤＭでいちゃついているのを見てしまった。画面が開かれた状態でリビングに置きっぱなしだったから、美衣はわざと見せたのかもしれない。

森本は、昔の犬彦と芸風が似ていた。自分で笑いを生むというよりは、ハプニングと周囲からのイジりに頼ってへらへらしているタイプだった。犬彦は風呂から上がった美衣に、

「美衣は、俺のファンでいたかったんだな」と言った。

それだけですべて伝わってしまった。

「変わったのは私じゃなくて、イヌくんだよ」

「変わるのは悪いことじゃないだろ」

「私は、かわいかったイヌくんが好きだった」

「俺ら、別れる？」

「なんでそうなるわけ⁉」

「なんでって……」

私、明日から出張だから、と言って美衣は家を出ていった。

それから月日が経っても美衣は戻らず、犬彦はひとりだった。

劇場や収録から帰ってくると、ひとりの家で芸人のラジオやYouTubeを見た。そうしていると気が紛れた。この向こうが俺のいるべき世界なんだと思えた。

俺は、美衣のことが好きだったのか？　ただ、向こうが好きでいてくれたから、俺はそれに甘えてただけなんじゃないか？　人として自分がダメなのか美衣がダメなのか、だんだんわからなくなる。俺は「芸人だから」って思えば、どんなことでも笑いに変えてやろうって思えるけど、美衣はどうなんだ？　今、誰といるんだ？　元気でやれてるのか？　つきあってはじめて美衣のことをこんなに考えてる気がするけれど、後輩に寝取られたというシンプルな事実は調子を下げてしまうから、犬彦は芸人仲間や劇場スタッフ、テレビ関係者たちと飲み歩いた。酒を無理に飲み、率先して場を回して、慣れないツッコミを素人が場にいる時ほど引き受けてみる。そうすると、まるでちゃんとした芸人みたいだった。

そのうちに美衣と森本のことをちゃんとエピソードトークに昇華できて、「でもまあ、いなくなっても家賃はずっと彼女が払ってるからありがたいんすけどね」とひと言添えてクズアピールをするとテレビの仕事に繫がった。そんな虚しさを、楽しいと思うしかなかった。

そんなことを続けているうちに春がきて、そろそろ森本との共演もあるだろうしどう絡むかあいつと打ち合わせしとかないとな、なんて楽屋でスマホを見ながらぼんやり考えていると、安西煮転がしの退所報道が目に飛び込んできた。

なんでも、事務所の人間を殴ったらしかった。

あいつ、なにしてんだよ……。

連絡しようとしていると、向こうからメッセージが届いた。

「話がある」

待ち合わせ場所は、北区王子のタコ公園だった。

桜がおおかた散り、湿り気のある絨毯のように地面を覆っていた。早く着いた犬彦がタコ形の遊具に上って待っていると、「悪いな」と言いながら安西が現れた。

スリーマンライブの時と比べると随分やつれていて、左の目元には漫画みたいな青あざができている。しかも丸坊主になっていた。

「おまえ、なにがあったんだよ」

いやあ、と安西は照れくさそうに笑った。

「マネージャーも社員さんも引き留めてくれると思うからさあ、それは向こうに気の毒やん。クビになればいちばん後腐れないし、『殴りますよ』って言って殴ったんよ。そしたらマネージャーさん、知ってた？　あの人、ほっそいのに格闘技やっててんて。綺麗なストレート決められたわ。ハハッ。ハハハ」

「笑うなよ」

「僕はさあ、ただのアホになる道を選ぼうと思ってん」

「なに言ってんだよ」

「懐かしいな。ここで昔、ブラムス亭の解散ライブあったやろ」

安西は丸くなった頭をがしがしと撫でた。自らバリカンで剃ったのか、ところどころに長い毛が残っていた。その部分を摘んで、「うっとうしいな」となぜだかうれしそうにつぶやいた。

「せや、マックスおはぎさんに切ってもらおかな。あの人がおる離島って、テレビもろくに映らんねやろ？　じゃあちょうどええかもな。そのあたりからはじめたら」

「はじめる？」

「僕の芸人人生」

「なに言ってんだよ。今までは、この九年はなんだったんだよ」

「おまえ、なんかキショいな」

「俺は、おまえのことすごいと思ってた。おまえみたいにおもしろい漫談ができたらなって、ライバルみたいに思ってた。それなのに、勝手にいなくなんなよ」

「なにを勘違いしとんねん。僕はネタを、これからはネタだけをやっていくんやって。誰も芸人を辞めるなんて言ってないやろ。表舞台に立たんようになるだけや。僕には売れる才能があったんかもしれんけど、売れることに向いてるわけじゃなかった。それだけの話や」

「わかんねえよ！」

「ネタをすること以外、ぜんぶ邪魔やねん」

時々そう思うことは犬彦にもあったから、言葉が詰まった。

でも、それにしたって——

「これから、どうすんだよ」

「当たり前やけど、レギュラーはぜんぶ降板よな。不祥事で退所したからいろんな劇場のオーディションも出にくくなるやろうし。当面は僕のこと誰も知らん場所にいって、路上でもどこでも漫談やってみるつもり。ああ、そう考えたらめっちゃええな！　僕がいくことのできる場所は、僕のいる場所はぜんぶ舞台ってことやん。それって楽し過ぎるやろ」

「勝手にキラキラすんなよ」

言いながら犬彦は涙目で、どうして？　と自分につぶやく。

「おまえとはもう、しばらく会わんな」

「だから勝手に――」

「こんな自由な気持ち、はじめてかも」

「おまえ……おまえさあ！　テレビもラジオも出ないいんだったら、アレどうすんだよ」

「アレって」

「小学生に真似されたいっていう、おまえの目標」

「まあ、せやな。アレは、おまえに譲ってやってもええわ」

「芸人のトップになるっていうのは？」

「それもおまえに託す」

「俺がそこまでいけると思ってんのか？」

「おまえはアホやからな」

「はあ？　さっきからわけわかんねえよ。ネタだけやりたいからって、これまでのキャリアぜんぶ捨てるのかよ。おまえ、頭おかしいよ」

「だって僕は、芸人やから」

犬彦は、なんだかめちゃくちゃな気持ちになって、安西の方へととぼとぼ歩いた。胸ぐらを摑んで怒鳴り散らしてやりたい。でも同時に、羨ましいよって叫びたい。結局、ちゃんとした言葉は出てこなくて、安西の肩に弱々しく手を置いただけ。涙と鼻水でろくに見えないけど、安西は俺を見て笑ってる。なんでだよ。なんで笑うんだよ。

「せや、僕のこの名前かってネタのノイズになるし芸名作らな。ちなみにおまえはどうやって——ああ、おまえも本名やっけ」

「もってなんだよ。〝安西煮転がし〟が本名？　そんなわけないだろ？」

「え？」

「……え？」

「じゃあ次はー、高崎犬彦。えー自分何年目やっけ」

「十年ですね」

「十年？　世も末やなあ」

「いやなんでですか。誰でも歳取るし芸歴は過ぎていくでしょ」

「ほんで隣の吉見はパネル出演やけど」

「やっっと触れてくれた。収録はじまって何分経ってると思ってんすか。三時間ですよ三時間。そのあいだ俺、病欠の吉見さんの等身大パネルの隣でひとりでへらへらへらへら」

「おまえ最近の喋りそんな感じなん。なんかキッショいなあ」

「それこそ吉見さんの影響ですよ。さかなさん、トークテーマトークテーマ。今日の『○○の人たち』のテーマは『弟子になった人と弟子入りされた人』でしょ。吉見さんに今弟子入り中なんですから。本人ちょっとインフルエンザですけど。ほら、聞こえてきません？　このパネルからでも吉見さんのガヤが。『ちょっと

ちょっとー！　パネルの宣材写真古過ぎる〜！』『髪型いつの時代やねん！　このスタッフさんオレの古参ファンかいな！』『愛してくれてありがとー！』って」

「言いそうやけども。でも犬彦はどっちかって言うたら天然をイジってもらうタイプやんか。吉見の言葉数でがーっていく感じあんま合ってへんと思うけどなあ。まあええわ。なんで吉見なん？」

「売れないとなあって。俺が、『高崎犬彦』が売れるためにはどうすればいいか考えたら、やっぱ、仰ったみたいにイジられるしかないよなあって思って。でもイジられるだけなのも飽きられるかもっていうか、人任せすぎかもって。それで、やっぱり吉見さんってすごいじゃないですか。話してること自体はツッコミっぽいのに、ウザいキャラだからみんな吉見さんを放っておけないっていう。俺もそういう風になれたらもっと売れるかなって。芸人のトップ目指せるかなって」

「芸人のトップぅ？　それやったら吉見じゃなくて、なあ？　なあ犬彦、なあ？」

「さかなさんっすか？」

「十年後二十年後のこと考えたらな。吉見よりオレの方が、ってなに言わせんねん！」

「さかなさんはもうなんか、安定しすぎ。真似する感じじゃないんですよ」

「褒められてんのかどうかわからんわ。で、吉見に頼み込んでどうやったん」

「『そんなんオレ嫌やわぁー、おまえのこと苦手やねん』って言ってました。でもまあ飯いくらいやったらええよって言ってくれて」

「ふーん。吉見のお笑いが犬彦に合ってる気はせんけども、まあ、なんでもやってみたらええんちゃう？」

「いやつめたーっ！　褒めなかったらさかなさんつめたーっ！」

「そのうっとうしさ犬彦にほんまに合わんなあ。あのさあ聞いていい？　売れてなんかしたいこととかあるわけ？」

「そこらへんの小学生に学校からの帰り道とかに真似されたいっすね。僕のネタだったり言ったことを」

「あれそれ、誰かも言ってなかった?」

「今はもうそれ、俺の目標なんで」

突然、ヘイガイズの森本がひな壇から、ぬぶぶ、とずり落ちた。

「うわあオレマジですいません」

「転ぶにしても地味だな! もっと派手に転べよ!」

ツッコむとウケたけど、そこからは森本のターンになって犬彦は舌打ちをした。


それから二年。芸歴一二年目になった犬彦は、ねむぴよアヤちゃんと居酒屋にいた。

ごちゃっとしているところがいいというねむぴよのリクエストで、赤羽の飲み屋街にある店に入った。扉代わりの謎にねとねととするビニールカーテンや、椅子として裏返しに使われている煤けた黄色いビールケースにねむぴよはテンションが上がっていた。

「こういう猥雑さ日本って感じするわー」

外は七月の炎天下だった。赤ら顔でみんなうなじをソルティライチのペットボトルで冷やしながらのろのろ歩く大学生らしき五人組がいて、しかもサイコロの五の目のフォーメーションを取っていた。彼らの姿が汚れたビニールカーテン越しにぼやけて見える。真ん中を磁石のボタンで留めるタイプのビニールカーテンは、磁力が弱まっているのか閉じ切られていなくて、たまにはためくと隙間で陽炎が揺れた。店は自然光に頼って薄暗い。クーラーが効き過ぎ、店内に流れるBGMは再生するアプリの調子でも悪いのか、さっきから「ワインレッドの心」が無限にリピートされている。

この時間のことネタに使えたりするかな、でも大衆ウケする感じにはならないな、などと考えながら犬彦はビールケースに楽な姿勢で座り、首だけ直角に捻って外の風景をじっと見ていた。通行人と目が合うと、思い出したように串焼きとハイボールを口に運ぶ。歌とセミの鳴き声が交じって気持ち悪い気がする。ねむぴよはさっきからひとりテンションが高い。

「向こうってツッコミらしいツッコミがないねんな。基本的にもうめちゃくちゃ見栄と尊重の文化って感じやった。スタンダップの舞台にも何度か立たせてもらってんけどさ、なんか変やねん。お客さんが笑ってても、反射的に笑ってる気がせんくて、そこに一枚なんかフィルターがあるっていうか、理解とか教養とか、そういうのが挟まってるみたいで、その上で笑ってるのは、うちが笑かしてるんじゃなくて、笑いってかたちでうちのネタを理解してますよっていうお客さんからのアピールに思えて、うちはそれどう受け取ったらええの？　って、ずっとわからんかったなあ。笑いって難しいなあって、このうちの話は伝わってる？」

ねむぴよはこの二年ほど、ニューヨークへ留学して演技や舞台芸術を学んでいたのだった。芸歴十年を機に新しいことをはじめてみるというのは、キャリア設計として以前から考えていたことらしい。

「いやあ。全然。ちょっと俺には難しい。笑いが難しいっていうのはわかるけど」

「うちが日本からやってきたっていうのもあるかもしれんけど、舞台と客席のあいだに壁を感じてんな」

「あー。壁かあ。それはやりにくそうだな」

「でもその壁が必要やとも思ってんな。反射で笑わへんってことは、裏を返せば反射で中傷せえへんってことやろ？　きちんとした境い目があったら、演者を守ることになると思うねん。芸人って図太いし、お客さんと一体になって生まれる笑いがめちゃくちゃ気持ちいいのはわかってるけど、それだけじゃない仕組みが必要なんちゃうかな。そのための土台作りをうちはできるんちゃうかなって思う」

「うん？　難しいままだわ」

「見る側と見られる側のあいだに適切な距離を作りたいねん。そうやって演者のメンタルを守っていく。まず芸人から。日本のエンターテインメントで芸人の力ってすごいから、芸人の世界が変わったら他の分野の消費のされ方も変わっていく。中傷とかそんなん気にせず、思う存分みんな輝いていけたらいいなって思う。

そのためにうちは動いていきたい」

「それは、金になるの？」

「は？」

「俺は売れたいからさ」

「そういう話とちゃうねんけど」

「そうか。ところでさ、俺らのコンビ今後どうしてく？」

「うーん。この感じやと、ちょっとまだ休止でええかな」

「おけ。じゃあ、それぞれやりたいことやってこう」

「大丈夫？」

「なにが」

「いや、また倒れたりするんちゃうかなって」

「そんなことないけど？」

ねむぴよは店員を呼び止めて生ビールのおかわりを頼んだ。俺もそれ、と犬彦は言う。

「そういえばさあ、美衣さんって今なにしてる？　ひさしぶりに会いたいな」

「さあ。なにしてるんだろう」

「よお森本と共演できるよな」

「まあ仕事だし。美衣と森本のおかげで仕事が増えてむしろありがたいよ」

「本気で言ってるんやろうなあ、今の犬彦くんは」

「さっきからなに？　海外いって人に諭したくなった？」

「うーわ。性格までキモなってる。いいこと教えてあげようと思っててんけどな」

「いいこと？　なに？　仕事くれんの？」

「冬のニューヨークでさ、安西煮転がしを見かけたよ」

前髪の生え際に、じとっとして半端につめたい汗が生まれた。

「え。あいつ、なにしてんの。メッセージ送ってもずっと無視なんだけど」

「うちもずっと連絡つかへんかってんな。あいつが事務所辞めてから、いろんなところで野良で漫談してるらしいっていう話は出回ってたやんか。たまに目撃情報とか勝手に撮られた動画がネットに流れたりして。どこもえらい僻地でさ。まるで自分とは関係のない場所でネタをやりたいみたいにさ。でも目撃情報も一年くらいでぱったり途絶えた。死んだんちゃうかって噂も出たくらい。うち、あいつとは相性そんなによくなかったけど、心配はずっとしててんな。でもまさか海外にいってストリートで漫談してるとは思わんやん」

「どういうネタしてた？」

「あはは。そこを真っ先に気にするんや。そうかそうか。なんでかちょっと安心したわ」

「それでどういう」

「あのいっつもの、歳の離れた弟が〜ってやつ。あのシリーズ。」

「俺のことどうでもよくて。どうだった。あいつのネタおもしろかった？」

「くっそ下手な英語でやってたからなあ。見向きもされてなかったけど、まあでも、あいつめちゃくちゃ楽しそうやった。ほんまにやりたいことをやってるんやろうなって。ダメージジーンズの擬人化かってくらいみすぼらしい恰好で、髪もヒゲも伸びてさあ。誰が見てもあの安西煮転がしとはわからんわ。ただの浮浪者。それであんな嘘の話をニューヨークのど真ん中でわめき散らしてるわけ。シンプルにヤバい人やん。だから、かっこええなって、かっこええなーって思ってうち、あいつに話しかけられへんかったんよね。あの痛々しさを邪魔したらあかんと思った。痛々しく輝いてて、ガチでこれまで会った誰よりも、芸人、って雰囲気出してたわ。うち、負けてられへんと思った」

「俺も」

とつぶやいた声は、掠れていた。

俺だったらどうする？

安西煮転がしが目の前にいたら、俺はどうしたいんだ？

俺も、痛々しく輝きたいな。

犬彦は苛立っていた。現れるのどうして俺の前じゃないんだよ、と、帰りの乗り換えの新宿駅でお笑いファンの女子大生たちに囲まれたが、頭の中は安西煮転がしのことでいっぱいだった。

中野で借りている家賃二五万円のマンションに帰ると、リビングに開きっぱなしにしていたネタ帳に目を通した。俺だって、安西に負けてられない。そう意気込んだけど、なにも思い浮かばない。ここのところテレビ出演で忙しくて、もう長いことネタを作っていなかった。その事実を直視したくなくて、部屋の中を忙しなく歩き回り、ベランダに出て後輩芸人が忘れていったタバコを七月の暑さと室外機の熱風に打ちひしがれながら吸い、盛大に咽せ、またネタ帳の前に座っても、なにも思い浮かばない。仕方がないので、日課に手をつけることにした。

安西と別れた時に、売れよう、と決意してからというもの犬彦は、芸人が出ている地上波のバラエティ番組をすべて録画するようになっていた。昨日放送されたものを三〜五倍速で流してチェックする。出演している大物芸人が気持ちよさそうに笑っている部分があると、いつものようにそこだけ前後の流れをじっくり観察して笑いの流れをメモした。芸能界で生き残って売れる方法として、あの人たちに気に入られるのが一番だった。その積み重ねを想像すると脳内がジュッと焦げるようにはじける。

レギュラーのバラエティ番組が全国ネットで三本。地方で一本。ネット番組で三本。ラジオが一本。今の仕事がなくならないかいつも心配で、こんなんで芸人のトップに立てるのか、一年後の仕事はどうなっているのかといつも考えてしまう。そのストレスと期待は犬彦をたまらない気持ちにさせた。なんでもいいから刺激が欲しくて、SNSでエゴサーチをしてスクロールしまくって、お褒めの言葉も誹謗中傷も飽きるほど摂取する。おもしろい。おもしろくない。高崎犬彦出てたからチャンネル替えたわ。早よ消えろ。誰かからこんなにも熱を向けられているということに興奮する。こんなに好かれてて、こんなに憎まれてるなら俺はまだテレビの中のコンテンツとして大丈夫。あいつの分まで売れていけるはずなんだ。大丈夫だともっと思いたくてSNSとネットの掲示板を執拗にチェックしていると、マネージャーから連絡が入った。情報バラエティ番組のロケコーナーの収録が決まったようだった。

ロケの当日は朝六時集合で、ヘイガイズの森本、男女混合アイドルグループ「カラフルシュガー」のミサとQB、番宣でやってきた大御所俳優の葛木《かつらぎ》良一とのロケだった。都内のいくつかの店や娯楽施設を巡りながら真夏の猛暑対策アイテムを紹介していく。百貨店、寝具メーカーの本店、個性的な冷麺を提供する中華料理店、若者に人気の無料の涼感スポットの後は新オープンとなる喫茶店の紹介だった。

「つめたい喫茶店」というコンセプトで、足をつめたい水に浸しながらお茶ができるとオープン当初から行列ができていた。窓の方を向いた座席が等間隔に並んでいて、席の下には足を浸けるためのスペースがひとり分ずつ設けられているのだった。窓の外には本物のプールがあり、夜には水面がライトアップされた。ほとんどバラエティ出演することがないという葛木良一はこのロケで妙にテンションが上がっていて、夜のプールでなぜか何度も「アイーンアイーン。そうです。私が変なおじさんです」とはしゃいでいて、犬彦はその度に「急に脈絡なくボケる」「大御所俳優が有りもののギャグすな」「ギャップでちょっとおもしろいけれども」「だんだん変なおじさんに見えてきたって」「おい誰かこの人止めてーっ！」などとツッコんでいた。ハハハッ。ハハハハッ。ツッコむほどにスタッフ笑いが大きくなっていく。笑えば笑うほどにかえってスタッフたちがピリピリしているのがわかるのか、「どこの現場行ってもさあ、気ぃ遣われてつまんねえんだよ。バラエティでくらいふざけさせろよお！」と赤ら顔で叫ぶ葛木良一の雑なボケは止まらず、突然服を脱ぎ出したかと思うとコマネチをし、夜のプールサイドでアイスティーを頭から被ってパウンドケーキを顔に塗りたくり、長くて黄ばんだ舌で床をびろびろと舐めはじめた。場の空気が凍って、犬彦は、この人クスリでもやってんのかよ、そしたら今日のロケお蔵入りだろ、と心配になる。その一瞬の隙をついて森本が躍り出た。

「空手チョップ！　空手チョップ！　こうやって！　過去と未来を区切っています！」

「いやおまえの持ちギャグはシンプルにいまいち」

犬彦がツッコむとスタッフたちの笑いはどこかホッとしたようになり、さっきから顔をひきつらせていたミサとQBもいくらか表情を和ませた。

「この状況に変なのぶち込んでくるなよ」

「なんかちょっとワクワクしちゃって」

「若いなあ」

「だってあんな八十近い重鎮の俳優がどんだけスベってもギャグしてるんですよ？　オレも負けてらんねえっすよ」

「意気込みはいいけど、　おまえはまだまだGランク」

「はい？」

「おまえはGランク。　Sが一番上で、　A、　B、　C……おまえは最低も最低のGランク」

「なんすかそれ。　じゃあイヌさんはなんなんすか」

「俺はE」

「たいしたことないじゃないですか」

「いい感じのE」

「ほんまにたいしたことない」

「ははっ。　まあ、　俺はたいしたことないよ」

「うわ星っ！　すっげー！　イヌさん、　みんな！　ほら空見てくださいよ。　東京でもこんなに星って見えるんすねえ！　すげーや！」

「自由かよ。　おまえはさあ、　そんなんで受け入れられてていいよな」

「いやいや。イヌさんだってこっち側っすよ」

「うるせえよ！」

と声を張ってみるけれども、ミサもＱＢも、スタッフたちだっていつの間にか夜空を見上げていて、傍らにしゃがみ込んでギャグをつぶやき続けている葛木良一の存在よりも今は、星と森本が作り出した空気に浸っている。

なんだこれ。

冷や汗がドバッと出て止まらない。

え？　もしかして、この場に馴染めてないのって、あのおっさんと俺なのか？

森本の天然な感じの方がいいなんて、そんなわけあるかよ。

おっ……。

声が掠れた。

おっおっ。

おおお。おお、

「押すなよ……押すなよ！　押すな！　ぜったい。ぜったい押すな！　押すな。いいか。ぜったい。誰も。ぜったいに。ぜったい、押すなよ……」

俺だって、痛々しく輝きたいんだよ。

四秒待った。それでも誰も押さないので、ピンマイクを外して自分からプールに飛び込んだ。

ハハハハッ！　ハハハハハ！

遅れてやってきたスタッフ笑いが水中でくぐもって聞こえる。水から顔を出すと、星が綺麗だった。

どこで間違えたのかわからない。

ずっと間違えていたのかもしれない。

星を見上げるより、プールに落ちる方が芸人らしいだろうが。

本気でそう思ってるけど、そう思ったりしなかった未来も俺にはあったんだろうか。

水面からプールサイドへと上がる時、体の重さがそのまま惨めだった。
もう後戻りできない。
この重さは金だ。
ギャラだ。
知名度だ。
俺がここまでキャリアを積んできた証だ。
「ええ？　押すなって？　森本。押すなって？　押すな？　押すな押すな？」
触れる瞬間、森本は満面の笑みを見せてくれて、犬彦は安堵する。ジャパーン。
「え！　葛木さん、なんですって？　押すな？」ジャパーン。
「ミサちゃん？　え？　え？」ジャパーン。
「QBもーそんな欲しがらなくてもちゃんとさあ」ジャパーン。
「店員さんって、ここで泳いだことあります？」ジャパーン。
「あなた、葛木さんのマネージャーさん？　ほら、助けてあげなきゃ」ジャパーン。

「ちょっと葛木さん、上がってこないで」ジャパーン。

「そうだ俺、代わりに番宣しておいてあげますよ。えーっと、『葛木良一が三十年ぶりに〝ドーナッツ刑事〟として復活します！　今度の相棒はまさかのバウムクーヘン⁉　お助け犬ワン五郎も登場するとかしないとか。新ドラマ〝犯罪にドーナッツは似合わない〟初回は九十分スペシャルです。どうぞ、ご期待ください』へえー、めーーーっちゃ、おもしろそうですねえ。しっかり番宣できたところで、スタッフさんたち一日お疲れ様でした。今日、暑かったでしょ」ジャパーン。

「俺も、お疲れ」


坂道を歩いていた。真夏だった。あまりに暑くて犬彦の他に誰も歩いていなかった。通りに並ぶアパレルショップや美容室のガラス窓は青みがかっていて、中で涼んでいる人たちのシルエットだけがわかった。じっとこっちを見ているように感じた。気のせいだろうか。目の下のくまがひどかった。どこに向かっているのかもわからなかったけど、あのコンクリートのゆらゆらまで。犬彦は陽炎を目指して歩いていた。

炎上なんてしなかった。葛木良一の映像をどうしても使う必要があったから、犬彦のプールへの飛び込みや突き落としはむしろ、葛木良一の奇行を和らげてくれる調整弁だと判断されて放送にのった。カラフルシュガーのふたりは後で「イジってくれて助かりました。おいしかったです」と言ってきたし、カラフルシュガーのファンも「分け隔てなく扱ってくれてありがたいよね」「撮れ高ありがたかった」などとネットに書き込んでいた。話題になったおかげで喫茶店もより繁盛した。犬彦を許せなかったのは森本のファンだった。「森本は森本らしくのほほんとしてるのがいいんだよ。古いノリに巻き込むな」そういう書き込みはあったけれど、炎上なんてしなかった。葛木良一はインターネットミームになって、本人はそのことをよろこんでいて、犬彦は葛木にゴルフに誘われたりなんかした。

きつかった。こういうんじゃなくて、もっとかっこよく痛々しく輝きたかったし、俺だって、森本みたいになにも考えずにやれていた時期はあった。そのままの俺でいたとしたら、どうだったのかな。

突然、音という音が耳に飛び込んできた。驚いて体に力が入り、目を閉じて、開けた時には通りには人が溢れていて、みんな赤や青、原色の服を着ていて街は彩られていた。さっきみたいな不快な暑さじゃなくて、風は吹いているし、香水やらヘアオイルやらが混ざったいろんなにおいがする。

「歳の離れた弟がいてさあ、」

喫茶店のテラス席から聞こえてくる声に犬彦は耳を澄ませた。

「今もう一八歳。信じられる？　ついこの間八歳だと思ってたら、もう思春期なわけ。びっくりしちゃうよね。弟は今イケイケの高校生でさ、寮に入ってんの。その寮で不思議なことが起きてさあ――」

体が勝手に走っていた。コンクリートを強く踏み締め、声のところへいって殴るように摑みかかったけど、知らない人だった。

「はあ?」とその男は言う。

「いや……すんません」犬彦は踵を返そうとしたが、また男に向き直る。「あの、それなに?」

「なにって」

「歳の離れた弟が〜って」

「知らないの?　みんな言ってるよ?」

「みんな?」

「ほら」

男が指す方を見ると、コンビニの前で若者が連れに向かって話し込んでいた。

「歳の離れた弟が暮らす寮の階段の踊り場に採光窓があってえ、そこから差し込む光がちょうどよくてさあ、ほんっとにちょうどよくて、斜めに差し込む光の中でホコリがきらきらと光っててえ」

その近くの美容室から出てきたばかりの客と美容師はこう言っていた。

「なんかこの光、この踊り場、絵みたいだなーって思ったんすよね。ああ、自分じゃなくて歳の離れた弟がね。階段の踊り場の雰囲気があまりに好みだから、弟は休みの日だったり学校から帰ってくると、日なたぼっこでもするみたいにそこに寝そべるようになったんすよねー。その様子を、写真部の同級生が写真に撮ってコンクールに応募したんですよ」

「なんですかこれ」犬彦は男に聞いた。

「今みんなこの話してますよ」

犬彦は笑った。

笑うのを止められなかった。

「すごいな。あいつ」

坂道をどんどん下っていった。都市伝説みたいだと思った。まるで、あいつか俺の漫談の中で起きてることみたいだ。すれ違う人みんなが、安西煮転がしの漫談を自分の声として話している。

「階段の踊り場の斜めの光に、弟が頭から突っ込むようにして仰向けで寝そべっていて、脚だけがだらんと階段に沿って暗闇とグラデーションみたいな色みになって垂れてる、その写真、コンクールで佳作になってさ、インターネット上で公開されたんだよ。それで、権利とか企画会議とか一体どこでどうもつれたのかわかんねえけど、弟の写真、大喜利番組の〝写真で答えて〟に使われたんだよね」

いや、大喜利って。

大喜利。大喜利な。

――こうして光を見上げてると、吸い込まれそうになるんです。

なんだよそれ。特におもしろくもない。

――新しい日焼けの流行り。

うーん。お題出て二秒でそれ言うならこの無難さも悪くないかもだけど。

――ポケストップにしてもいいですよ。

あー。これかも。

「高崎犬彦とか、町田さかなさんとか、あと番宣でやってきた松たか子さんとか、けっこうなメンツがいたんですけどね、誰もうまく答えられなくって、結局最後は松さんが『たとえ大喜利であってもこういういい写真をじっくり見つめて言葉を交わし合うのって、すごく大事なことですよね』って締めてくれたんですよね」

いい人かよ。大喜利番組が感動的に終わるな。

漫談の声がする方へ、する方へと、坂道を下っていった。するとスクランブル交差点があって、向こうの歩道に人だかりができていた。ただの信号待ちだろうと犬彦ははじめ考えたが、集まっている人たちは同じ方向を向いていた。その中心にいる誰かを見ようと、小学生の男の子と女の子がぴょんぴょん飛び跳ねていた。信号が青に変わっても人だかりは動かないままで、犬彦がそちらへ近づいていくと、あいつの声が聞こえた。

「僕はその大喜利番組、テレビで弟と見てたんですよね。リビングのソファに座って。味の薄いジンジャーエール飲みながら。そしたら弟が松さんの締めの後にこう言ったんですよ。『お兄はどう答える？　どうやって人を笑わせる？　人を笑わせてどうしたい？　笑いってなんやと思う？　芸人、とは？　つか、生きるってなに？　僕らはどう生きていく？』みなさんわかります？　これが一八歳。とんだ思春期やったんですよ」

ぱらぱらと笑い声と拍手が湧き、砂がこぼれるようにスーッと人だかりが引いていくと、中心だったところには深くお辞儀をし続けている安西煮転がしがいた。顔を上げると、会話の途中だったみたいに犬彦にこう言った。

「単純な話やった。僕は、僕の得意分野以外でがんばってる人を批判してるだけやった。たったそれだけのことを認めるのに、一二年もかかった」

「は？」

「これが僕の、芸歴一二年の、今のところの、芸人としての答え」

「おまえ、ガリガリじゃん。ちゃんと飯食ってんのか。服だってぼろぼろだろ。それに臭うぞ。風呂入れよ」

「歯ぁ磨けよ、風邪ひくなよ、ってか？」

「元気なのかよ」

「どう見ても元気だろ。こんな都会の真ん中で、僕の漫談を見に人が集まるんやから。おまえは？　最近どうなん？　売れてるみたいやんか」

「おまえさ、俺が芸人辞めるまで俺のこと見張ってやる、みたいなこと昔言ってただろ?」

「言うてたかもなあ」

「今じゃないかなって思った。俺、おまえの前でなら辞められる。おまえの前で芸人辞めたいなって、思ってしまった」

「高崎犬彦。おまえまだ僕のこと追い越してないやろ」

「勝てるかよ」

「辞めんなよ!」

「なんかもうダメなんだよ。自分がやってることおもしろいと思えないんだ。この前なんて、芸人じゃない人のこととみんなプールに突き落としたんだよ。それが痛々しく輝く方法だと思って。でも頭の中のどこかではちゃんとわかってた。こんなのはただ古いだけだって。きっとめちゃくちゃになりたかったんだ。炎上でもなんでもすればよかった。それなのに、おいしくしてくれてありがとうなんて感謝されて。ふざけんなよ。プールに突き落とすだけでいいのかよ。じゃあ俺じゃなくていいじゃんってなるじゃん。そう考えたら、今までだってぜんぶ、俺がやってきた笑い、別に俺じゃなくてもいいじゃんって思っちゃって。そしたらもう、くそ。俺もう、しんどいよ」

「おまえ、めんどくさいなあ」

「そういうの、安西は考えないのかよ」

「僕はもう、そういう場所からは降りてるからなあ。今めっちゃ楽しいで。世界中どこでも、ネタをやって、ウケるかウケへんか、それだけなんやから。おまえかって結局はそうやろ。いろいろ忙しいかもしれんけどさ、ネタやってる時は芸人誰でもウケるかウケへんか。それ以外のことなんか、ひとつもないやろ」

「ウケるかウケへんか」

「下手な関西弁やな」

「ウケるか、ウケへんか。え。おまえさ、おまえさ！」

「なんやねん」

「いいこと言うよな。ウケるかウケへんか？　ハハッ！　どうやって人を笑わせる？　人を笑わせてどうしたい？　笑いってなんだ？　芸人とは？　生きるってなんだ？　俺らはどう生きていく？」

「どないしたどないした。バグったんかい」

「俺さあ、笑ってもらうことが目的だったのに、売れるとかがくっついてきて苦しかった。ず――っと、苦しかった。でも、そういうのもなにもかもさ、ネタやってる時は考えてないもんな」

「当たり前やろ」

「俺、今はじめて気づいた。えっ。えっ！　ちょっと、そこのファミレスいかないか？　俺、ひさしぶりにネタ作る。作りたいわ。フライドポテトとかハンバーグとか、そういう油っぽいものおまえ飢えてそうだから食べさせてやるよ。エグいくらいパフェ頼んだりしてさ。芸人呼びまくってさ、あることないこと言いまくりながら、みんなそれぞれのネタ作るんだよ。最高じゃんそれ。そうだ。おまえの漫談に出てくる歳の離れた弟とさ、俺のに出てくる架空のおばあちゃんコラボさせたりしてもいいよな。お互いの世界行ったりきたりして。うわめっちゃこれ、いいんじゃないか？　げっ、ネタ帳家に置きっぱだわ。コンビニで紙とペン買ってくるから、ちょっとここで待ってて。ファミレスでなに食いたいか考えてて！」

コンビニへと駆けていく犬彦の後ろ姿を見ながら、安西は笑った。

「やっぱ、ただのアホやんけ」

大前粟生（おおまえ・あお）
1992年11月28日、兵庫県生まれ。2016年、『彼女をバスタブにいれて燃やす』でデビュー。2021年、『おもろい以外いらんねん』で織田作之助賞最終候補。他の著作に『ぬいぐるみとしゃべる人はやさしい』がある。

ピン芸人、高崎犬彦
2024年3月25日第1版第1刷発行

著 者　大前粟生
装 丁　吉岡秀典＋及川まどか（セプテンバーカウボーイ）
装 画　高橋あゆみ
発行人　森山裕之
発行所　株式会社 太田出版
〒160-8571 東京都新宿区愛住町22
第3山田ビル4階
電 話　03-3359-6262
Fax　03-3359-0040
H P　https://www.ohtabooks.com

印刷・製本　株式会社 シナノ パブリッシングプレス
ISBN　978-4-7783-1922-9 C0093

初 出『クイック・ジャパン』163号から168号に連載、単行本化に当たって加筆修正しました。